KB131576

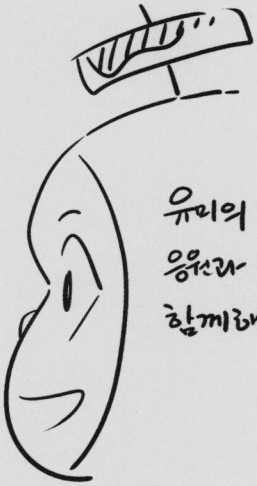

유리의 세포들에 보내주신
응원과 사랑에 행복했습니다!
함께해 주셔서 감사합니다 ♥♥

이동건

유미의 세포들

글·그림 이동건

위즈덤하우스

목차

478 실은 내가 말 안 한 게 있는데 1 …6
479 실은 내가 말 안 한 게 있는데 2 …16
480 실은 내가 말 안 한 게 있는데 3 …26
481 실은 내가 말 안 한 게 있는데 끝 …36
482 이건 진짜 진짜 진짜야 1 …46
483 이건 진짜 진짜 진짜야 2 …54
484 이건 진짜 진짜 진짜야 끝 …64
485 12월 24일 …74
486 순록이의 1순위 …84
487 유미 탓 대용이 탓 이자벨 탓 …92
488 급 궁금! …102
489 내 사랑 뮤즈 …112
490 이야기를 완성시키는 사람들 …122
491 용감한 세포들 …132
492 글 쓰는 손 …142
493 이거 네 거 아니지? …152
494 신간 소설 1 …162
495 신간 소설 2 …174
496 신간 소설 3 …184
497 신간 소설 끝 …194
498 쉘 위 댄스 1 …204
499 쉘 위 댄스 2 …214
500 쉘 위 댄스 3 …224
501 쉘 위 댄스 4 …236
502 ---------- …248
503 유미의 세포들 1 …258
504 유미의 세포들 2 …268
505 유미의 세포들 3 …278
506 새이 …288
507 괴도 바비 …298

508 순록 …308

509 김유미 dream …318

510 엔딩 …328

511 후기 …338

• 단행본 특별 외전 •

알콩달콩 신혼 일기 … 346

- 둘이라서 좋은 점 1
- 둘이라서 좋은 점 2

실은 내가 말 안 한 게 있는데 1

아니… 어제…
기억 안 나?
너도 나 좋다고 하고…

통신 보안!!!
읍!!!!
찬야야!!!

아! 누나!!!
여기 회사잖아요!
보안에 신경 써야죠!!
명찰차 뒤에 들어가면
야 걸렸대지요
응, 주의할게.

그리고 손잡는 거,
허리에 손 두르는 거,
볼 뽀뽀는 반경 1km 내에서는
자제해야 해요!
!!!!!
제 말 아시겠어요?!

쌤! 옆 반은 진도가
더 빠른데요?
…

요즘은 챕터 1, 2, 3
한꺼번에 해요!
아 뭐야!
우리 쌤 너무
옛날 세포야!

근데
앞으로 호칭은
누나야?
누나 맞잖아요.

누나라고 하니까
내가 너무 나이 들어 보이잖아.
호칭 좀 바꿔줘!

난 좋은데.

그럼… 뭐…
순록이 좋으면
그렇게 불러도 되고.

아니면 호칭 관련 내용은 조정해서 주중에 다시 피드백 드릴게요.
수고!
!!
네! 메일로 의견 주시면 검토할게요.
식사는 거기 어떨까요? 제가 지난번 제안드렸던 떡볶이집.
바비 분식? 거기 말고 다른 데로 가시죠.
…왜요? 거기 가요.
왜냐고?

순록이는 이제
남자친구잖아.
신순록 / 남자친구
/ 업무 담당자
잘생겼당
관계 : 남자친구 / 보안등급 : VIP
901223:11.2.73
핏념조양
비밀을 개방해 줘!
내가 실은
말 안 한 게 하나 있는데…
머뭇…
머뭇…
거기 사장이
전에 만나던 사람이야.
그래서 그때도 안 가려고
했던 거고…
아…
그랬구나!!
그렇다면
나를 선택한
이유가?!!

그 사람… 되게 잘생겼던데.
…근데?

김유미…
외모 보는구나? 훗!
너 왜 웃어?

이런 거 물어봐도 되나?
너는 나 어떤 점이 마음에 들어서
좋아진 건데?
그야 당연히…

작가님의 간결하고
담백한 문체를
좋아하는 거죠.

……
……

…회사잖아요.
이따가 따로
알려드릴게요.
지금 알려줘. 궁금해.
내가 왜 좋은지…

누나
예뻐서.

-작가 세포-
〈시나리오 쓰고 있네〉
신순록… 그는 사내 비밀 연애 중이었다.
직장 동료들의 눈을 피해
엘리베이터 앞에서 그녀와 만나는 순간은
업무에 지친 그를 웃게 하는 순간이었으리라.

어흡!! 흠!! 큼!!!!
?!!!

어?!!
수… 수현씨?
…누구?
또 뵙네요.

그런데 여긴
무슨 일로?
누구?

편집장님 만나러…
편집장님! 만나러!

얘는 소개팅할 때랑 완전히 딴판이네?
소개팅할 때 이렇게 입고 나올 것이지.
잠깐… 얘는 소개팅을 왜 한 거지?

〈시나리오 쓰고 있네〉
신순록은
치밀하게 알리바이를 꾸몄다!
편집장이 주선하는 소개팅에 나간 것이다.
사내 비밀 연애 중인 것을
의심받지 않도록!!!
?!!!

빠바직!
뭐야?! 그럼 난
이용당한 거네?

실은 내가 말 안 한 게 있는데 2

탕!!!!!
방금
수현 : 좋은 분 만나세요 오늘 즐...
넌... 날씨?!

제가 굉장히 맘에 안 들었는지
바로 거절 문자 보내시더라고요.
좋은 날 만나지길 흑흑!

우리 만나는 거…
이미 눈치챈 거 같긴 한데.
나는 루비랑
제트 작가한테는 말하려고.
나중에 알면 섭섭해할 테니까.

너는?

편집장님한테는
정말 말 안 할 거야?
친하잖아 둘이.

대용이 형이 알게 되면
담당을 바꿔버릴지도 몰라요.
에이 설마.
예전에 그런 대화를
나눈 적이 있었거든요
웃싸…
가끔 공과 사를 구분 못 하고
자기 담당 작가랑 연애하는
편집자들 진짜 한심한 거 같아.
뜻싸…
웃츠아!!!
그래서 작품에 대한
냉정한 판단이 되겠어?
뜻쓰아!!!
아… 정말?
그래서 넌 뭐랬어?
그런 놈들은 다
편집부에서 퇴출시켜야 돼.
…라고 했어요.

…그놈 참
입이 방정이네요.

ㅋㅋㅋ
난 귀여운데?

아무것도 모르는
순진한 수현이가
그에게 반했다면 어쩔 뻔했나.
아… 기구한 그녀의 삶이여!

아! 이 슬픈 감정!
미어지는 이 느낌!
극대화한다!!
크ㅋ… 이건
슬픔 기쁨 좋아

그때 만약 그대가 수트를 입고 나왔더라면
안경을 쓰고 나왔더라면
내가 혹시 몰라서 거절 문자를 안 보냈더라면
우린 사랑이 되었을까요?
아… 개슬프당
〈자학의 시〉
우울한 자신의 상황을 더 슬프게
표현해 슬픔을 극대화하는 기술.

아니에요. 사랑은 먼저 채가는 놈이 임자랍니다. 행복하세요. 안경 수트남이여.
작가 세포 作 〈이것이 세상〉
크어!! 기구한 수현이!!!
슬픈 소설의 여주인공 느낌!!!!!
그래! 먼저 채가는 사람이 임자지.
사랑이든 아이디어든.
선배! 실은 아까 말 안 한 게 하나 있는데요.
보여줬던 그 소설 아이디어 하나만큼은 굉장했어요.
정말 탐나는 아이디어라서 마음 속에 저장해 놨는데
갑자기…
놀랍게도!
근데 그거 나 할래! 출간 전이잖아요! 먼저 쓰는 사람이 임자!

삐삐릭!
아까 못 물어봤는데
지난주 소개팅 어땠어?
?!

삐삐릭!
순록 씨 제 스타일이 아니라서...
게다가 그분 현재 사내 연애
중이신 것 같던데?
네이비색 상의에 아이보리색
목도리 한 머리 노란 직원분이랑
?!!!!

삐삐릭!
아니야 ㅋㅋ 그분
순록이 담당 작가야
만약 그랬더라도 내가
몰랐을 리 없지.

웃챠!

신 대리 있잖아
신 대리?
?!

유미 작가랑
너무 친해 보이던데
혹시…
좀 그래
보이긴 하지?
?!!!!

-감성 세포-
잘못된 소문이로군!
우리 순록이가 누굴 만난다면
나한테 말 안 했을 리 없지!
순록이 데뷔하겠네~

이봐!
순록이는 12월생으로
사수자리에 속한다!
-점성술 세포-
?!!!!!!

비밀이 많은
사수자리… 설마 이 자식이
나한테까지 비밀을?
야냐. 순록이가
나한테 그럴리 없어!

은채 씨 혹시
신 대리 못 봤어?
아마 유미 작가님이랑
회의실에 계실걸요?

말도 안 되는 소문이
사실이라면 순록이 넌
담당자 자격 없다.
왜인지는
네가 더 잘 알지?
사내에 숨어 있는
비밀 커플을 잡아내기 위해
이 기술을 쓸 수밖에 없다.

진실의 문아!
열려라!!!
확!!!!!
〈아! 엄마 벌컥벌컥 문 열지 말라고!〉
노크 없이 문을 확 열어서 방 안에 숨겨진 비밀을
만천하에 드러내는 암흑 기술.

480

실은 내가 말 안 한 게 있는데 3

새로 나온 거야?
맛있네.
와작 와작

마지막은
순록이 꺼.
후룻 내 꺼~

빨리!! 순록아!!
와작와작 씹어서 꿀떡 삼켜!
하하하하.
-출출 세포-
순록이 우선순위
17위
최애 까까

야! 순위 업데이트된 거
보고 이야기해.
-사랑 세포-
순록이 우선순위
17위
김유미
18위
최애 까까

아냐, 너 먹어.
너 좋아하는 거잖아.

?!!
잠깐만!!!

아장
아장
아무래도 편집장님
오시는 거 같은데?

아, 그래?
그럼 우리 좀
떨어져 앉아 있는 게
좋겠지?

내가
저쪽으로 갈…?!!
툭!

헉!!!
순록이 휴대전화!!!
순록이 우선순위
4위
휴대전화
콰직!!!
순록이 우선순위
45위
곧 바꿀 휴대전화
드디어
바꿀 구실이 생겼다!
하하하하.
할부 끝났는데도
고장이 안 나서 못 바꾸고
있었는데!
순록아!
휴대전화 액정
안 깨졌어?
순록이 우선순위
9위
김유미
네, 괜찮아요.

진실의 문아!!!
열려라!!!!
콰앙!

...

뭐 하는 거야?
미쳤어?
순록이 우선순위
5위
안대용
편집장님
오셨어요?
편집장님 오늘
힘이 넘치시네요.
하하 ;;;;
죄송합니다.
저 과자!
그리고 순록이
입에 묻은 저 부스러기.
혹시 두 사람
오손도손 함께
붙어 앉아 있다가
내가 들어와서
후다닥 떨어진 걸까?

이 부스러기가
유미 작가의 과자와
같은 것이라면
순록이 입에
그거 뭐냐?
난 현장을 잡은 것이다!

딱 걸렸군.
랭크 3위 신순록.
나를 감쪽같이
속이다니…

감춰서 미안하다.
랭크 6위 안대용!
하지만 랭크 5위를
곤란하게 만들 순 없어!
순록이 우선순위
5위
김유미
6위
안대용

널름널름!!!!!
깨끗~

!!!!!
보란 듯이
내 눈앞에서
증거 인멸을?!!
쿠쿵!!!!!
왜? 내 얼굴에
뭐 묻었어?
흙이 있지?

저… 편집장님
순록아 내가 말 안 한 게 하나 있는데

나는 누군가를 좋아하면
그 사람에게
푹 빠지는 스타일이다?

그래서 나보다 남자친구가
곤란해지는 게 더 싫어.
김유미 우선순위
1위 신순록
2위 김유미
편집장님
회의 전에 잠깐
드릴 말씀이 있는데요.

481

실은 내가 말 안 한 게 있는데 끝

하지만 랭크 3위인
나는 상관있는데?
순톡이 우선순위
3위 프로페셔널한 순톡이 이미지
?!!!!!!

공과 사를 엄격히 구분하며
회사에서 수년간 쌓아올린
내 이미지를
이렇게 쉽게
무너뜨리긴 싫은데?

결정해!
나야? 쟤야?

저걸 아마추어!!!
비켜 인마!!!
그걸 질문이라고 하냐?!
당연히 유미 누나지!!!

나는 일보다
사랑을 택할래!
이야~
순록이 우선순위
3위 김유미
4위 프로페셔널한 순록이 이

일보다 사랑이라고?
얘 말 함부로 하네?
일 안 하면 이런 집에서도 못 살아!
몰라?
누구?

집돌이에게서 집을 뺏으면
뭐라고 할지 궁금하네.
순록이 우선순위
2위 집
앗! 내 집!!!

진심으로 대답해 봐.
이래도 좋아?

아늑하니 좋구만.
왜?
순록이 우선순위
2위 ▲ 김유미
3위 ▼ 집

예를 갖춰라!!!!!
랭크 2위다!!!

랭크 2위께서
비밀 연애 오픈을
원하신다!

잠깐만! 대용 선배 내가 말 안 한 게 있는데.
?!!!
나 어제부터 유미 작가님이랑 사귀기로 했어.
아무래도 편집장인 선배는 알고 있어야 할 거 같아서.
에이~ 거짓말.
진짜로.
진짜 진짜로?
진짜 진짜 진짜로.
쿠우우우웅!!!!!!!
순간 안대용의 마음속 깊은 곳에서 강력한 무언가가 거꾸로 치솟기 시작했다.

의리를 저버린
순록이에 대한
분노 세포일 거야.
쿠우우우웅!!!!
아니.
삐침 세포일 수도 있어.

둘이!!!!
-호기심 세포-
어떻게
만났는데?!!!
퍼어엉!!!!!

궁금!
궁금!
뭐야! 뭐야!
누가 먼저 사귀자고
한 건데??
아니 그보다 두 사람
어떻게 가까워진 건데?
응??

음… 어디서부터 이야기를 해야 할지.
첨부터 해줘. 첨부터!
저희가 실은…
실은?
〈끊기 신공〉 이야기를 중요한 순간에 끊어버려서 상대의 호기심 세포를 공격하는 기술.
근데 혹시 담당 바꾸실 건가요?
컷!!!!
크허어억!!! 끊기 신공이다!!!
고통스러워!!
다… 담당을 바꿀 거냐고?

안 바꿀 테니까 빨리 이야기 이어가라고 해!!!!
어! 둘이 어떻게 만났는데!!!
-이성 세포-
퍼억!!!
정신 차려!!!!
-호기심 세포-
당연히 담당자 교체다!!! 이래서야 책이 제대로 나오기나 하겠나!
-이성 세포-
담당이라…
내가 아끼는 두 사람이라 축하하지만
띠리리링!!!!!
나는 공과 사는… 구… 분…
띠리리링!!!!!

앗! 하필 이럴 때!!
이거 받으면 공과 사를
구분한다는 대용이 말이
힘을 잃게 된다!!
받지마!!!
윤희
전화 왔어요!
대용이 우선순위
1위
윤희

이 자식이 미쳤나?!
윤희 전화 빨리 안 받아?!!!!
퍼억!!!
-사랑 세포-
-이성 세포-

여보세요?
누나 잘 들려요?
누나는 저와는
정말 다르시네요?

편집장을 상대로 담당 바꿀 거냐고 대놓고 말하다니.
저는 조심성이 많아서
누나처럼 무모한 행동은 하지 않는답니다.
이러니… 제가 반하죠.

482

이건 진짜 진짜 진짜야 1

자꾸 분위기를 깨버리면
오지 캠핑의 맛이
안 살아난다니까요?
크크큭.
알았어, 미안.

한번도
해보지 않은 거라
적응이 안 돼!
-사랑 세포-
파지직!!!
-상상 세포-
상상력을 좀
발휘해 봐!!

자! 오늘 오지 캠핑은
여기서 끝!

저녁 먹었으니까
이제 영화 보러 나가죠.
?!!

정말??
영화 예약했어??
휘릭!
설마 테라스에서
캠핑만 하다 끝날 줄
알았어요?

어디 보자…
J열 6번, 7번이니까

…
아… 여기가
극장이었구나

순록이한테 맞춰주자!
여긴 극장이다! 극장이다!
-상상 세포-
그래 여긴
극장이다!

누나 뭐 해요.
여기예요!
!!!!!!

극장에 사람이 하나도 없는데?
제가 다 빌렸어요.
이 큰 데를??

저한테 극장 하나 빌리는 건 우습죠.
부잣집 도련님 콘셉트야?

그에 비해 누나는 가난뱅이 작가… 이런 당신에게 빠져서 극장까지 빌리는 나도 참 우습군요.
띵!
난 왜 가난한 콘셉트인데?!

대체 당신의 어떤 매력이 날 이렇게 만든 거지?
내 반반한 외모 때문이겠지.
…너무 나가시는군요.

띵동!!!
와장창!!!
아~ 왜?!
무리한 설정 때문에
분위기가 깨진 거야??

그게 아니고
아까 시킨 아이스크림
왔나 봐요.
띵동~
띵동~
방금 분위기
좋았는데…

상상력을 좀
발휘해 봐.
-상상 세포-
-응큼 세포-

그래!
아까 분위기를
이어서!!!
순록아, 그거
아이스크림 배달
아니야!

룸서비스야.
너 룸서비스도 몰라?
?!!!!

이런 8성급 호텔
스위트룸에 묵어본 적 없는 네가
알 리 없지.
8성급 어떻냐고?
먹어보고
아이스크림이나
가져다줘라

서민들이
그렇게 좋아한다는
이 아이스크림.

어디 한번
먹어볼…?!!!
?!!!

뭐가 이렇게 많아?
8성급 호텔이라
그런가 봐요.
아니 아니.
진짜로 좀 많지 않아??

야야!! 분위기 깨지 마!!!
네 돈 쓴 것도 아닌데
왜 네가 난리야?!!
-아낌없이 주는 나무-

아!!!!!!
돈 아깝게!!!!!!!!
콰앙!!!!!
-자린고비 세포-

와장창!!!!
둘이 먹는데
뭘 이렇게 많이 시켰어.
여기 엄청 비싼데…

누나 놀러 와서
일부러 넉넉하게
시킨 거죠.
혹시라도
부족할까 봐.

아… 내 말은
그게 아니고.

됐어요.
녹기 전에 빨리
드세요.

쉽게 먹을 수 있는
아이스크림이
아니잖아요.

특히 이런
오지에서는.

순록아.
네?
너랑 있으면
시간 가는 줄
모르겠어.

483

이건 진짜 진짜 진짜야 2

웃챠!
충전 좀 하고 가야겠다.
충전기 없나?
?!
충전기
갖다줄게요!
척!!
와!! 보조 배터리
찾았다!!!
오늘 너무 즐거웠어.
헤어지기 아쉽다.
도착하면
전화해요.
버스 온다.
아! 무슨 버스가
벌써 와!!!

이거…
너무 뺑뺑 돌아가서
다른 거 탈래.
그래요, 그럼.
어차피 5분 후에
버스 또 와!
이제 집에 가야지!
-사랑 세포-
-이성 세포-
헤어지기
너무 아쉬워!!
얘들아!!!
대박이야 대박!!!
뭔데 뭔데?!!!
?!!
칠칠 세포가
순록이 집에 파우치를
두고 왔대!!!
미안
-칠칠 세포-
?!!!!!!

와아아!!!!
와아아!!!!
어?! 너네 집에
파우치 놓고 온 거
같은데…

버스 늦게까지 다니니까
괜찮을 거예요.
그래~

아까 영화
어땠어요?

응!
너무 재밌었어.
특히…

난 영화 중간에 나온
짜파구리밖에 생각 안 나.
너 때문에
식욕 못 참겠어!
짜파구리.

헤헷 짜파구리.
-출출 세포-
먹고 싶었어.
짜파구리
저 잘하는데.
짜파구리 해줄까요?
먹고 갈래요?
아! 천천히
처먹어 쫌!
촤르르르릅!!
촤르르르릅
최대한
오래 있는다며?!
와아아!!!
네가 드디어
한 건 하는구나!
깨작깨작 먹으면서
순록이랑 최대한 오래 있어야지.

폭주하는 출출이는
내가 막을게!!!
-찰랑이-
식사 속도야!
느려져라! 얍!!!

!!!!

머리…
거슬리네.

이제부터
스윽
진짜로
먹어볼까?

!!!!!!

주인님, 저를 부르셨습니까?
아니. 너 부른 적 없는데?

-응큼 세포-
순록 님께서 저를 찾으신 게 틀림없습니다.
아닙니다. 부르셨습니다.
안 불렀다고 인마

누나 입…

냘름~
냘름~

코…

코? 코에도
묻었어?

코…
자고 가요
시간도 늦…
큽!!!!
?!!!!

484

이건 진짜 진짜 진짜야 끝

자고 가요.

시간도 늦… 었는데
큽!!!!!

차아아악!!!!
소문이 사실이었구나!!!!
요즘에는 속도가 엄청
빠르다는 게!!!
-응큼 세포-
빠르다!!!
예측할 수 없는
속도다!!

응큼아 지지 마!!
너는 노련한 응큼이잖아!
상대가 스피드로 나오면
우리는 노련함으로
승부한다!!!
좋았어!

그래!
자고 갈게.

그럼 편한 옷
드릴게요.
스윽

편… 편한 옷?!!

이거 입으세요.
세탁한 거예요.
순록이 잠옷…
기분 이상해.

자…
잠깐만!!!
왜 윗도리만
주는데?!!

응큼아! 이거
무슨 뜻이야??

아! 촌스럽게 왜 이래?
남자친구 옷이 기니까
원피스처럼 저거만 입는 거야!
-응큼 세포-
-이성 세포-
뭐라는!
원래 오리지널 거야??

저 자식 말 듣지 마!
이것만 어떻게 입어?!!
-예의 세포-
닥쳐라 옛날 세포!
요즘은 다 이런다!!!
-응큼 세포-

그래!
시대에 발맞춰
살아가자!

똑똑!

바지 찾았어요.
바지는 이거 입으세요.
……

생각하는 거 왜 저래!!
어디 내놓기 부끄러워 죽겠어
응큼이!!!
-이성 세포-
하마터면
큰일 날 뻔???

누나
씻으실 거죠?
저런 대사를
거침없이…

그럼 나도
거침없이.
응.

여기가 욕실.
응, 고마워.

누나.
?!!!!
탁!
머리…
감으실 거죠?

미쳤다! 미쳤어!!!
머리 감겨주려나 봐!!!!
누구 여태껏??
설마 이 상황에 저기 여태 잠겼는?!!!
왜? 내가 감을 수 있는데????

아!!!
요즘엔 다 이래!
자꾸 옛날 사람
티 좀 내지 마!!!

지금부터
어른들의 세계로
진입한다!!
애들은 다 나가!!!!
응.
감을 건데… 왜?

샴푸는
호랑이예요.
호랑이?!

!!!!!!

…나만
이상한 생각하고 있는
거였구나.

예원!
다 씻으셨어요?
저도 좀
씻고 나올게요.

저는 씻는 데 좀
오래 걸리는데.
괜찮아. 천천히 해.
티비 좀 보고 있을게.

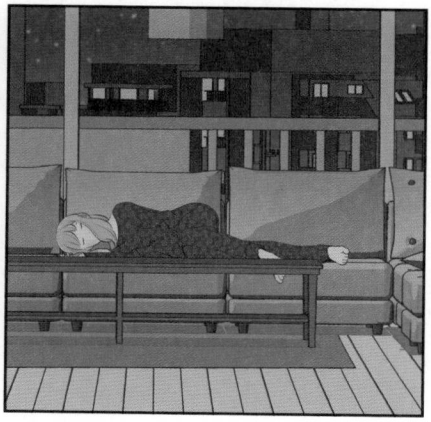

그날은 내가 꼽은 가장 로맨틱한 밤이야.
탁!

나는 지금
사랑받고 있구나
스윽
라고 느꼈거든.

진짜로
사랑받고 있구나.

485

12월 24일

연애는 심쿵 배틀이다.
?!!!

간밤에 남자친구가 덮어준
담요와 베개를 아침에 확인하면
!!!!!!!

-심장-
으아악!!!
심장이
공격받고 있어!!!!
쿵!

이것들 봐라…
눈뜨자마자 사람
설레게 한다 이거지?

우리도
아침 인사
들어간다!!!
-사랑 세포-

잠깐만! 지금 유미 눈곱이 어디에 붙었는지 확인이 안 된 상태야!
-세수 세포-
어서 세수부터!!!

잘 잤어?

야야!! 순록이 깼다!!
세수할 시간 없어. 그냥 들어가!!!

아아악!!!
눈뜨자마자 이게
뭔 일이래?!!
-심장-
쾅!

야! 다들 일어나!!
심장 털렸어!!
뭐?! 이제 막
일어났는데?!!!

우리도 뭔가
보여주자!!!!
와아!!!

야야! 니들이
보여주긴 뭘 보여줘.
아침 인사는
나한테 맡겨!

웃차!
배고프죠?
제가 아침 차려줄게요.
크하하하하하
어떠냐-?!!!
-출출 세포-

쾅!
아직 깨지도 않은
출출 세포한테!!!
너무해!!!!
어떻게
휴방이 상태에서
쫓겨날지!!!
공복 상태라
설렘이 두 배였어.
-출출 세포-
웃기고들 있네.
어제 잠만 드렁드렁
잤으면서.
이제 와서
설렘을 찾아?
여기 잠 퍼자러 왔어?
수련회 왔어?
아! 깨웠어야지!
-응큼 세포-
왜 안 깨웠어!!!!

…깨우지.
!!
탁!
-응큼 세포-
어제
깨울까 했는데
아기 천사처럼 곤히
주무시고 계셔서요.
용서하세요.
목욕 세포 때문입니다.
저도 지금 그놈 찾고 있어요.
그 자식이 샤워를 너무
오래 했죠?

다음부턴
샤워 짧게 할게요.

쾅!
아 개열받네!!!!!
다음엔 어떻게? 하하하하

나 때문에 회사
늦는 거 아니야?
아녜요. 원래 아침은
꼭 먹고 나가요.

잠깐만…
삐뚤어졌다.

어?! 넥타이 삐뚤어졌다!
아! 거슬려 저런 거!
-다른 그림 찾기 세포-

심장이
또 털렸어!!!!!
쾅!
-심장-
아 진짜 너무하네

이제 순록이는
출근해야 하니까
마지막으로…
이거 받고 끝내죠?
잘 간직해야 합니다.
-사랑 세포-

툭!

??????
-사랑 세포-

1급 기밀이네?
TOP SECRET
1224
근데 1224가
뭔데?

비밀번호
1224예요.
?!!!!

누나만
알고 있어요.
으악!!!!
쾅!
연애는 심쿵 배틀이다.

486

순록이의 1순위

우선순위 1위가 되면
유미의 전폭적인 지지를 받지만
이거 유미가
갖다주래.
어흠~
유미 우선순위
1위 일

1순위에게 늘 들러붙어 있는 이 녀석!
불안 세포 때문에 스트레스가
이만저만이 아니다!
잘해야 하는데…
어쩌지? 잘 안 되면??
안 돼!!!
-불안 세포-
…그만 좀 해.

이번에 잘 안 되면
사실상 끝장인데…
어쩌지? 어쩌지?
어떻게 하지??
아!
신경 쓰여서
일을
못 하겠네!!!
저리 놓아!!!
-작가 세포-

너 뭐 하냐?
1위 바뀐 지가 언젠데?
뭐?!!
유미 우선순위
1위 신순록
1위 순록이야.

안 돼 순록아!!
못 잃어 순록이!!!
아 살았다!
속이 다 시원하네.

유미 우선순위
4위
일
유미 작가님.

작업 막바지라 그런지
요즘엔 좀 편해 보이시네요.
그런가요?

좀 내려놓으니까
맘이 편한 것 같아요.

순록이는
불안 세포가 강력하기 때문에
1순위를 아예 비워둔다.
순록이 우선순위
1위 —

오히려 이것을 역이용하여
뭔가 급하게 처리할 일이 발생하면
그걸 1순위로 올린다.
순록이 우선순위
1위 오태식 작가 섭외

순록이 우선순위
1위 오태식 작가 섭외
광!
광!
어떡해!! 섭외 안 되면
다음 달 기획 망하고
그러면 순록이는 죽어!!

오태식 작가님 섭외했어요.
이번 주에 기획 회의 때
오신답니다.
정말?
아! 다행이다!

1순위는 모든 하위 순위를
무시할 수도 있다.
수현이 우선순위
1위
칭찬받기

이번에는
좀 괜찮은 아이디어가
나와라 제발.
드르륵!
드르륵!
-작가 세포-
편집부에서
이번 단편 기대하고
있단 말이야!

대박 아이디어
나와라 나와…
꽝

아!! 꽝이
몇 개째야!!!!

왜 이렇게 떠오르는 게 없냐…
단편 마감이 얼마 남지도 않았는데.

여기 죄다 꽝만
들어 있는 거 아니야?!!
어으으으!!!
콰쟁!
콰쟁!
진정해.
대박도 몇 개 뽑았잖아.

뭔가
색다른 아이디어가
필요해!
얼핏 기다리기만

어서 오세요.
암시장입니다~
쓸 만한
아이디어 좀
있어?
네, 그럼요.
여기 뭐든지 다 있죠.

신박한 아이디어입니다.
얼마 전에 구했어요.

거기 작가 세포
아니야?

암시장에서 뭐 해?
-양심-
그… 그냥 구경하러 나온 건데?
아, 그랬구나~ 나도! 나도!
잠깐! 손에 든 암시장에서 거래되는 밀수 아이디어처럼 생긴 그건 뭐야?
뽀… 뽑은 거야! 내가 뽑은 거!
아! 뽑은 거구나! 축하해~
나 속이는 거 아니지?
아니야…
타닥타닥
이런 건 나도 전에 생각했던 거였어.

부들부들...
이거 뭘 단면신
김수현 너 이 자식!
유미 작가 작품이랑 설정이 너무 겹치잖아.
게다가 유미 작가 원고의 단점까지 완벽하게 보완했어!
이건 원고 유출이야!!! 우리가 보여줘서 유출된 거야! 책임져야 해!
-이성 세포-
양심부터 찾아! 응?
양심 저 자식 도망간다!!
대답이가 너 배불리 오셔!!!
양심… 찾아와. 빨리!!!

양심 찾았어!
대용아!
떡!
으악!!!!

유미 작가 책 출간에
문제가 좀 생겼어.
순록이 우선순위
1위
유미 작가 책 출간

순록아.
네, 편집장님.

유미 탓 대용이 탓 이자벨 탓

……꿈 아니네?
찰싹!
ㅇㅇ 실제 상황.
쿵쾅!
쿵쾅!

난 이 상황
받아들일 수 있어!
나 줘!

일이 술술 풀리면
유미 인생이 아니지!
까악~~
-징크스-

준비했던 작품을 처음 떠올렸던 때
초대박 날 것 같다고 했었지?
그럼 반대로 이루어주지!
예끼 요놈들아!
쪽박이다! 하하하!

모든 것은 이 징크스님의
손아귀에 있지~ 랄랄라~ 야호!
깍깍깍!
원망하고 싶다면
유미 인생을 원망해~

…내 팔자가
그럼 그렇지.
쿠궁!!
…작가님.

징크스 꺼져!!!
이게 왜 유미 탓이냐?!!
퍼억!
-이성 세포-
원고 관리를 잘못한
출판사 탓이지!

착!
…놔라. 이건
내가 처리할 거다.
-감성 세포-
-이성 세포-

넌 일처리가 답답해!
따지는 건 내 전문이야!
감성이 화이팅!
니가 따져서
일이 좋게 끝난 적이
없거든?

지금 누굴 탓하기보다
미안해하고 있을 편집장에게
따스한 위로부터 하면
어떨까요?
-마음의 평화 사절단-
그럼 위기 상황 속에서
유미의 인성이
빛을 발하지 않겠어요?

퍼억!!!!
말이야 방구야?
이게 무슨 개소리야?!
퍽!
광광 뛰어도
시원치 않을 판에!!!

얘들아!!! 잠깐만!
본심 세포 나왔다!

마음속
깊은 곳
앗! 안 돼.
저 자식 잡아!!!

원고만 다섯 번을 수정했어요!
다섯 번!
-본심 세포-
저 지난 1년 내내 그것만
붙잡고 있었어요…

대용이의
풀 네임이
뭐냐?
…안대용.
그래…
변명은 안대용.

죄송합니다.
제가 반드시
책임지겠습니다.
!!!!!

그래… 펴… 편집장님도 잘해보려고 한 거잖아. 그만해!!!
-감성 세포-
그래! 이건 편집장님 잘못이라기보다는…

이자벨이란 사람이 문제다!!!
이 끓어오르는 분노는 이자벨에게 향해야지!!

근데 이자벨 어떻게 생겼냐?
-상상 세포-
그야 모르지. 본 적 없으니까.
빨리 상상해서라도 떠올려봐!

타닥타닥
!!!

타닥!
NAVER
이자벨
타닥!

이자벨 단편선

저자 **이자벨**
출판 **다크 문학사**
관련 오디오클립
도서 16,020원

[redacted]의 여야기꾼으로 평가받는 '이자벨' 작가의 보너스 [redacted]
[redacted] 이자벨 작가만의 독특한 아이디어로 신선한 재미를
[redacted]은 다양한 주제를 속도감 있게 풀어내는 능력은 여전히

그래! 지금은
내가 할 수 있는 것에
집중하자!
화만 내고 있는 건
아무런 도움이 안 돼.

어쩌면 별일
아닐 수도 있어.
사별 단편선
스윽ㅡ
내 쪽이 먼저인 건
증명하기 어렵지 않잖아.

얘들아
큰일 났어!
이번엔 또
뭔데?!

이자벨 작가가 쓴
그 단편 소설…

X나 잘 썼어.
-작가 세포-

급 궁금!

Q. 넘넘 궁금한 게 생겨서 질문드려요~
자신감 세포가 들고 다니는 봇짐(?)에는
뭐가 들었나요? 갈아입을 옷인가요?
(ㅋㅋㅋ 넘 기엽)

- 대전에서 아기 독자

자신감의 봇짐에는
유미의 멘탈이 들어 있다.
바사삭!
깨지거나 금이 가면
유미는 몹시 불안해진다.

초조하고
두렵고
왜 나한테만 이런 일이
생기는 걸까 생각될 때

남자친구를 보는 순간
서러움까지 밀려온다.

사랑하는 사람에게 기대서
순로가으아!!!!!
크헝!!!

꿈틀~
꿈틀~
따뜻한 위로가 필요하다.

누나 넘 슬퍼…
참아왔던 슬픔을… 응? 잠깐만.

잠깐…
그래도 내가 순록이보다
누나인데 그래도 되나?
누나 아잇값 좀…

그래도 돼!!!
그러지 말라는 법
없어!!!
냉큼 이리 와!!!
누나 안아줘!!!!
누나
토닥토닥해 줘!!!

헉!!! 순록이는
더 죽을 상이다!!!!
대우울…
꼰대 뭔데!
내가 왜 죽을 맛인데?!!!

아… 맞다.
우리 순록이가
내 책 담당자잖아.
기운 내.
순록아 ㅠㅠ
근심-

나… 나와라,
리액션 1호.
넹!!!
유미 우선순위
1위 신순록

야! 우리
국수 먹으러 가자!

넘 맛있다~
그치이~
꺼억~
꺼억~
……

다크 출판사는
전혀 수긍하지
않는 상황!
순록이 우선순위
1위
유미 작가 책 출간

그렇다면 내가 직접
이자벨 작가를
만나볼까?

……
이자벨도
발뺌해 버리면?
그땐 법적 대응이다!

야!!!
누구 죽었어?
웃어 빨리.
넵.
걱정하지 마.
어차피 내 아이디어의
일부만 쓴 거잖아.
그야 단편이니까
분량 때문에 그랬을 수도
있고요.
벅찍탁~
쌕탁~
모방했다는 걸
피해가려고
그랬을 수도 있죠.
절대 이대로
넘어가지 않을 거예요.
부비~
부비~
힐링된다
이거…

정말 모방한 걸 피해가기 위해서
나머지 아이디어를 다 버린 걸까?
아주 핵심적인 것들도
거기에 많았는데?

지난번에
순록이가 썼던 기술
사용할 수 있어?
-상상 세포-
왜 나머지 아이디어는
다 버렸는지 물어봐야겠어.
근데 난 이자벨이
어떻게 생겼는지
모르는데?

-작가 세포-
대충 유미가
무서워했던 사람으로
상상하면 되잖아!!!
유미가
무서워했던 사람?

나머지 아이디어는
어쨌어!!!
빨리 말 안 해?!!!
쾅!!!

어유, 무서워라.
김유미 못 본 사이에
성깔 있어졌네.
이거나 좀 풀지?
이런 분위기에서
말 못 하겠는데?

…하필이면 왜
서세이야.
난 걔가 제일 무서워
아니면 장소라도
좀 편한 곳으로
바꿔주면 안 돼?

맞다! 나 급 궁금한게
있는데 말이야.

나머지 아이디어는
왜 안 썼어?
중요한 게 많았는데.

이야기에
방해되니까.
?!!!!!

욕심부리느라
이것저것 잔뜩 넣으면
읽는 사람 피곤해지잖아.
!!!!

이야기가
붕 뜨는 느낌이라면
작은 설정들을
다 걷어내 버리면
해결되는 거네?

아… 이렇게
하는 거구나.

489

내 사랑 뮤즈

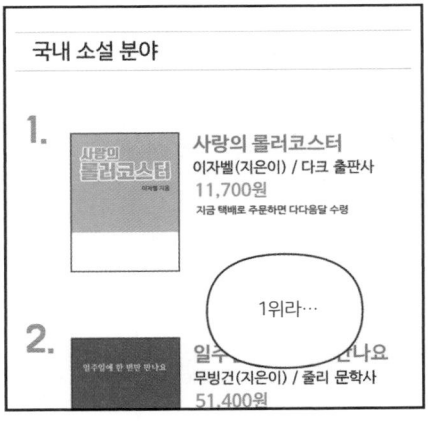
국내 소설 분야
1.
사랑의 롤러코스터
이자벨(지은이) / 다크 출판사
11,700원
지금 택배로 주문하면 다다음달 수령
1위라…
2.
무빙건(지은이) / 줄리 문학사
51,400원

잘나가는구나.
1위는
어떤 기분일까?

이자벨!
전국 1등은
어떤 기분이야?
궁금하면 1등 해.

…김유미
나 뭐 좀 물어봐도 돼?
나한테??
뭔데???
네 소설에 나오는
남자 주인공

유바비를
모델로 한 거
아니야?
ㅋㅋ 맞아.

처음 만났을 때부터
이상하게 얘랑은 끝까지
안 갈 것 같은 느낌이
들었거든.
그거 떠올리면서
쓴 거야.

남친도
다른 사람이
가져가고
소설 속 캐릭터도
다른 사람이 가져가 버린
꼴이네?
미안.
근데 또 만들면 되잖아.
세상에 널리고 널린 게
캐릭터인데.
당가리리리딩딩딩!!뿡뿡
뭐야 수업 종 소리
왜 이래?
저거
수업 종이 아니고
내 휴대전화 벨 소리야.

!!
딩기리리 딩딩딩!!!

딩기리리 딩딩딩!! 뽕뽕
루돌프
전화 왔어요!

어디? 집 앞??
안 보이는데?
아! 보인다.
이쪽으로 와.

순록아~
연락이라도
하고 오지.

순록이라뇨?
무슨 말씀이시죠?

붕어빵
배달 온 건데요?
퍼엉!!!
컥…컥! 상황주…줄…줄자…

오오!!! 딸슈붕!
배달 감사합니다. 근데
계산은 뭘로 하나요?

뽀뽀로
하나요?
!!!!!
ㅇㅇㅇㅇ;;

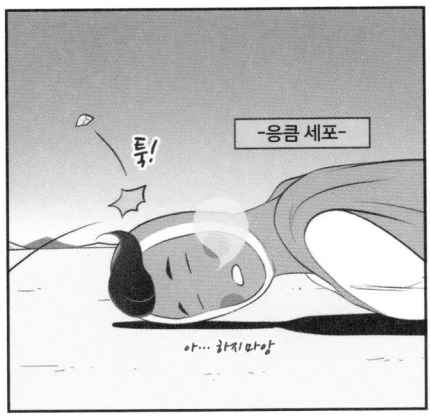
-응큼 세포-
툭!
아… 하지만요

넘 많다.
너도 같이 먹자.
퍼억!!!
들어가자.

쾅!!!
누구요?
…자꾸 깨우지 마시오.
-응큼 세포-

붕어빵 주려고
들른 거예요.
시간도 너무
늦었잖아요.

하긴. 오늘
너무 늦게 끝나서
순록이 피곤하겠다.

어차피 금요일인데
자고 가든지.
콰르르릉!

주욱!!!
?!!!

뭐지?
아주 조금 남았던
에너지가!!!!
다시!!!
차오르고 있다!!
설마 너냐?

-응큼 세포-
몸서하세요!
죄송합니다 주인님!
깜빡 졸아서
부르신 것도 몰랐습니다!
내가 언제
널 불렀어??

주인님의
모든 체력과 마나를
충전했습니다!
…요청한 적
없는데?
아닙니다.
요청하셨습니다.

그럼 내일 보자.
내가 내일
아뇨, 자고 갈래요.

…누나 집에
욕조 있어요?
…없어.

이 캐릭터는 삶의 원칙이 확고해서
관찰하는 것만으로도 재밌고

장난을 치는 걸 좋아해서
틈만 나면 상황극을 해댄다.
안녕하세요.
옆집에 새로 이사 온
사람입니다.

그래. 이자벨 네 말이 맞다.
앞으로
친하게 지내요.
널리고 널린 게 캐릭터야.

지금부터 남주 해라.
순록아.

이야기를 완성시키는 사람들

이히히힛!!!
이제 본격적으로
시작하나 보다! 가자!!!
이히히히힛!!
아!! 뭐 해!!!!!
넥타이부터 좀 풀어!
보는 내가 답답하다 야!
스윽
찰칵!
이쪽 거실 등
켜면 되거든.
…뭐 하냐.
어휴 이제 살겠네.
아! 넥타이
답답해서…
아… 아직 아닌가?
내가 좀 앞서갔나?

빨리 들어와.
붕어빵
식기 전에 먹자.
아 맞다!
생각해 보니까
없는데…
너도 깜빡했지?
아까 편의점
지날 때 사 올걸.
!!!!!!!
거기까지는 저도
생각을 못 했네요.
내가 빨리
사 올게.

됐어요.
왜 누나가 가요.
제가 사 올게요.
딸기 맛은 사지 마.
제가 알아서…
사 올게요.

어이쿠!
오늘 왜 이래?
좋네?
딸기 맛은 사지 마
제가 알아서…
사 올게요
…이름이 감자니
생각이 안 나네
그거 사 오게 생겼네
그거…

철컹! 철컹!!
?!
벌써 갔다 왔어?
진짜 빨리 다녀왔…
잠깐!
너 지금
뭘 사 온 거야?
쿠궁!!!
야…
이건 아니지.

아니긴 뭐가 아니야!
알아서 잘 사 왔구만. 왜?!
진짜 빨리 다녀왔…
짱!!
나 손에 든
아…
이건 아니지
빨리 하고
하자!!!!
시간 없다!!!!

…딸기 맛은
진짜 아니라니까.
저 한번 믿어봐요.
의외로 붕어빵이랑
진짜 잘 어울려요.

진짜로…
아이스크림 말한 거였어?
나는 분명
그거 사 오라는 대화로
들렸는데?
…이놈이 또
생각이 안 나네

야! 응큼 세포!
좀 조용히 해!

아까부터 자꾸
유미 머릿속
더럽힐 거야?!!
펑!!!
-응큼 세포-

어디 내놓기 부끄러워 죽겠어.
넌 대체 어디에 쓰는 세포냐?!
아! 아!
나도 하는 일 있어!

소설 읽을 때
작가가 수위가 높은 부분은
얼렁뚱땅 넘기지?
그 부분을
알아서 상상해 내는 것도
다 내가 하는 거야.

그럼 물을 좀 끌게"
"좋아"
두 사람의 밤은 그렇게 깊어만 갔다.
끝
저것들 [illegible]
하고 [illegible]
하고 있겠네!!!
헉!!!
작가의 표현은 연령 제한이 있지만
독자의 상상은 무제한이지.

?!!!
그래!
소설을 쓸 때
비워두는 것도
필요하다.
읽는 사람이
상상할 수 있는
공간을!

누나
제 말 듣고 있어요?
응? 어 어!
딸기 맛도 괜찮죠?

응! 괜찮네.
거봐요.
나름 어울린다니까요.

아이스크림 말고
다른 것도 사 왔어?

네.

491

용감한 세포들

뭘 사 왔어?
엥?!
이건 집에 많은데 말하지…

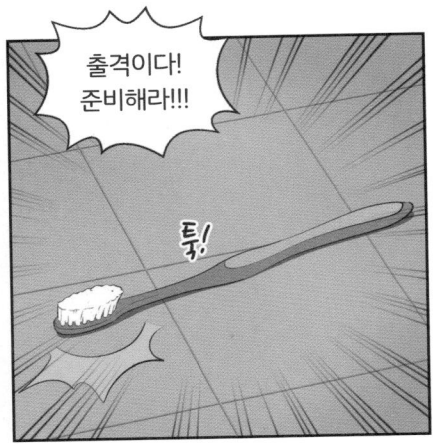
출격이다! 준비해라!!!
툭!

너무 긴장하지 마.
치카~
치카~
-혀-
아닙니다. 전 언제나 준비되어 있습니다 .

얼마만의 출격인가?
쓱싹~
쓱싹~
어제 점심에 크림 우동 위의 크림 핥으러…
그딴 거 말고!!!

키스 말씀이시군요.
기억이 흐릿할 정도로
예전 일이라…
어떻게 하는지
기억은 하나?
잊을 리가 있나요.

키스는 누구나 다
할 수 있는 것입니다.
휘날!
정말 어려운 건…

키스할 타이밍을 잡는 게
어려운 일이지.

아니. 그래서 내가 시금치를
올려두고 물을 끓였는데
누나의 대사가 끝나는 순간
빈 공간을 치고 들어간다!

생각해 보니까 당근을
깜빡한 게 생각나서
누나의 대사가 끝나면 되는데
다시 급하게 마트에 가서
당근을 사려고 갔는데
그때 누굴 마주쳤냐면…

문제는 저게 아직 한 문장이라는 거야!!!
-응큼 세포-
누나 말이
너무 길어!!!!!!!
학교 다닐 때 친구였는데
걔 이름이 기억이 안 나서…

안 되겠다!
끊자!
-응큼 세포-
유미 누나 말을 끊고
들어가는 수밖에 없다!

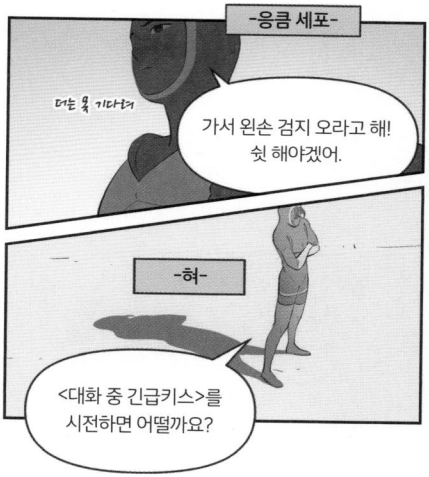
-응큼 세포-
더는 못 기다려
가서 왼손 검지 오라고 해!
쉿 해야겠어.
-허-
<대화 중 긴급키스>를
시전하면 어떨까요?

안 돼! 위험해!
그건 상대가
이산화탄소 구역 내에
있을 때 가능한 거야!
68.4cm
68.4cm의
거리에서 긴급 키스는
모험이야!

착!
그거 아십니까?
제가 하는
임무의 대부분이
모험입니다.

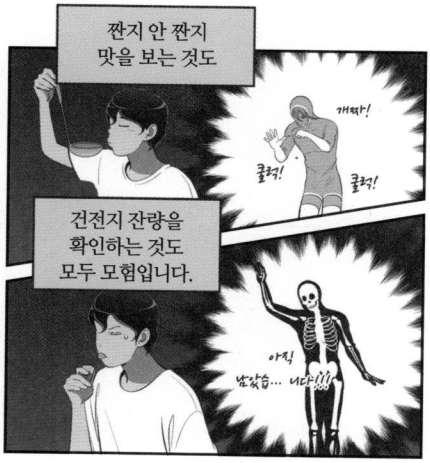
짠지 안 짠지
맛을 보는 것도
개짜!
쿨럭!
쿨럭!
건전지 잔량을
확인하는 것도
모두 모험입니다.
아직
남았습... 니다!!!

모험이 두렵지만
저 아니면
안 되는 일이니까요!
혓바닥은
하나뿐이니까요!!!

왼쪽 귀에겐 오른쪽 귀가 있고
오른팔에겐 왼팔이 있지만
난 언제나 혼자였지.

아니.
넌 혼자가 아니야.
나와 같은 존재를
발견하는 순간부터는
혼자라는 말은
쓰지 않아도 돼.

너무 밝아.

100럭스 이상의
밝기에서는
힘을 쓸 수 없어!!
-응큼 세포-
누가 불 좀 꺼!!!

침대 옆에
스위치가 또 있어!
저걸 끌 수 있겠어?

우리에게 맡겨줘!
-오른손-
오른손?!!!
우리가 등을 끄고
돌아올게!

유미는
지금 키스 중이라
눈을 감고 있어!
!!!
스윽
시야 확보가
안 된 상태에서
가능하겠어?

가능해!
우린 어둠 속에서
코드는 물론
USB까지 꽂을 수 있는
감각을 지녔다.

이 정도는…
어렵지 않아
탁!
포 유미!

오른손은 스위치를 찾아 등을 끄는데
성공했지만 귀환하지는 않았다.
과연 그들은 어디로 간 것일까?

492

글 쓰는 손

거실 등을 성공적으로 끈 오른손은 복귀하지 않고
궤도를 이탈해 제멋대로 행동하기 시작했다.

오른손! 지금 뭐 하는 짓이야?! 즉시 복귀해!!
-이성 세포-

…놔둬.
?
-응큼 세포-

오른손이 향하고 있는 곳을 봐. 녀석들은 순록이의 척추 협곡을 향하고 있어.
협곡 트래킹을 하려는 모양이야.

지금 오른손은 유미가 명령하지 않아도 할 일을 알아서 척척 하는 착한 녀석들이야.
스윽

〈나도 모르게〉
세포들이 유미의 명령을 받지 않고
독자적으로 행동하는 것을 지칭한다.

그리고 키스하는 이 와중에
나도 모르게 걱정도 밀려왔다.
내 원고
어쩔 거야!!!
펑!!

유미 우선순위
4위
일
-작가 세포-
팍!
팍!
야 이 한심한 놈들아!
작품이 털렸어! 이것들아!!!
지금 등짝이 중요하냐?!!

오른손이 지금
순록이 척추 협곡으로
트래킹 간대!!!
비켜 쫌!!!
등!!! 등!!!
벌러덩~
유미 우선순위
9위
일

뭐지? 쟤들 왜
안 움직여??
내내억
내내억
빨리 가!!
모두
기다리잖아!

〈옥토퍼스 허그〉다!!!

오른손이
순록이가 시전한
옥토퍼스 허그에 걸렸어!
협곡으로 향하는 것은
불가능해!
그럼 다시 복귀해!
지금 오른손 전력이 묶이면
곤란해!!
복귀할 수도 없어.
돌아가는 길도 막혔어!
하지만
근처에 커다란 행성이
보인다!
우선 이쪽에
착륙하면 어떨까?
손에 쥐 나겠어.
근처에 행성??
서… 설마!!
저긴
H-2 행성이잖아!!!!

아 잠깐만…
지금 순서가 맞나?
착륙해도 되나?
H-2 행성이 뭔데
저 난리야?
왼쪽 궁둥이.
기회는 이렇게
위기 상황에서
찾아오는 법이다.
-응큼 세포-
기회를 만났을 때
뒷걸음질 치지 마라
오른손.
즉시 착륙해라
오른손.
넵!!!

잊지 마!
모든 세포들이 너희를
주목하고 있다는 걸!
쿠우우우우!!!
오른손한테서
이래도 되는 거냐고
교신이 왔습니다.
닥치고
빨리 착륙이나
하라고!!!!
삐갈리!!!!!!
지금 착륙이고 나발이고
유미 원고 어떻게 되찾을 건지
긴급회의를 열어야 해!!
쉿!
??
역사적인 순간이야.
아무 말도 하지 마.
유미 우선순위
19위
일

여기는 오른손!
치칙치칙
치칙치칙

오른손!!
현재 위치는
어디인가?!!

여기는 H-2 행성!
우리는 랜딩에
성공했다.

와아아아!!!!!!!!!!

오른손이 갈 곳을 잃어 찾아간 곳이
H-2 행성일 줄 누가 알았을까?
순간 나는 깨달았다.

그래. 위기는 곧
기회가 될 수도 있다.

유미 우선순위
마웃 오브 만중
일
휙!

세포에겐 작은 한 걸음이지만
유미에겐 큰 도약이었다.
-오른손

기회는 반드시
위기와 함께 찾아온다.
위기?

진짜 끝내주는
작품을 쓸 기회.
유미 우선순위
4위 NEW! 새로운 원고

원고 도용된 거요?
그렇지.
그럼 기회는 뭔데요?

493

이거 네 거 아니지?

넥타이랑 양말은
옷장 밑에 있을 거야.
네.

?!

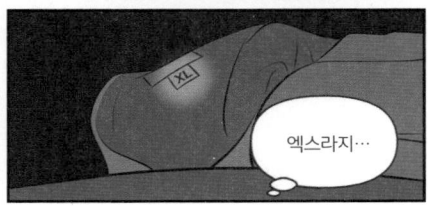
XL
엑스라지…

오!

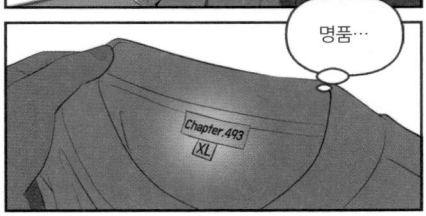
명품…
Chapter.493
XL

남자 거 같은데?
…아닌가?
여자 오버핏인가?

찾았어?
헉!!!!
저 옷이 왜 아직도
옷장에 있는데!!!!
-난폭 세포-

-집안일 세포-
헤헤.

당장 없애!!!
지금 당장!!!!!
아...알았엔!

휘!!!!

아! 이거 버릴 거.

언제 적 바비인데
아직도 흔적이
남은 거야!!!
샅샅이 뒤져서
혹시라도 남은 것을
다 찾아내!!

이거 봐!
남아 있는 게
있잖아!!!

나에게 보내는 시그널
그건 못 버려.

바비를 모델로
만들긴 했지만
나에게 보내는 시그널
(4차 수정)
김유미 작가
유미의 일이잖아.
그래서 버릴 수 없어.

그런데 예전 원고를
진짜 버릴 생각은 아니죠?
예전 원고?

그거 어젯밤에 이미 버렸는데?
-작가 세포-
나 원고를 새로 쓸 거거든.
그래도 힘들게 쓴 건데 아깝잖아요.
미련 없어요?
?!!!!
???
-구질구질 세포-
풍!!!!
휭!!!
뭐야?! 너 왜 도망가는데?! 저 자식 수상하다!!!!
헉! 유미의 원고!!! 요놈 이럴 줄 알았어! 미련으로 남겨뒀어!

아깝잖아!!!
놔두면 나중에
쓸데가 있단 말이야!
나중에 쓸 원고가 있으면
작가 세포가 새 원고를
쓰겠냐?
미련 없어.
…아깝다
이자벨 작가는
협회에 공문을 보내서
대응하려고 했었는데
그건
어떻게 할까요?
이젠 어떻게 하든
상관없는데?
-작가 세포-
그냥
내버려 두지 뭐.

저기…
원고는 곧 돈이잖아.
그렇지.
근데 그게 왜?
돈을 도둑맞았는데
그걸 그냥 놔둔다?

원고에 미련은 없지만
잘못한 사람은 책임져야지.
안 그래?

유미가 호구냐?
버럭!!
-자린고비 세포-

왜 안 먹어?
응?
네가 좋아하는 건데 손도 안 대길래.
…그러게. 원래 좋아하는 건데.
요즘 왜 그래?
무슨 일 있어?
없어.

없네?
어딨지?
작가 세포야
어딨어?
-양심-

꼭꼭 숨어라.
머리카락 보일라.
쿵!
쿵!
덜덜덜덜덜
-작가 세포-

아! 맞다!
?!!!!

얼마 전에 나온
네 단편집 읽었어.

너무너무
재밌던데?
수현이 우선순위
1위
칭찬받기

작가 세포…
여깄네?

494

신간 소설 1

그 남자 옷이 너무 튀어서
잠깐 쳐다봤다.

연예인…
은 확실히 아니고
의류 회사에
다니는 사람일까?

나도 사려고
고른 책을 집어 들더니
읽기 시작한다

로맨스 소설
이라니.
뭔가 되게
안 어울리네.

분명 유쾌한 소설인데
엄청나게 심각하게 읽는다.
어찌나 몰입해서 보던지
책 속으로 들어갈 판이다.

남자들도 로맨스 소설
되게 좋아하는구나?

갑자기 궁금해졌어.
저 사람 뭐 하는
사람일까??
-호기심 세포-

뭐 기왕 마주쳤으니
한번 스캔해 볼까?

스캔한다!!!

패션은 괴상하지만
삐삐삑!
높은 감수성
12%
스캔 중...
삐삐삑!
감성적으로 보이며

?!

샥!

?!!!
휙!

걸렸다!!!
눈 마주쳤어!
ㄷㄷㄷㄷ!!!
성큼!
성큼!

아… 쪽팔려라.
웬 이상한 여자가
쳐다보나 했겠다.

쏘옥

다시 보니 패션도 멋져 보인다.
감성적인 사람 같다.
멋쟁이
높은 감수성
78%
스캔 중...
회사원은 아닌 듯
확실한 건 일반적인
회사원 복장은 아니다.
예술 하는 사람 같다.

스캔 결과 나왔어!
부담스러워요!
(너무 잘난 상대 같아요 ㅠ)

특이하고 멋있네.
이제 됐지?
책이나 빨리
계산하고 가자.

제니야!
왜?
2시 방향!!

?!!!
아까 그 남자다!
시선이 느껴진다!

뭐야? 나야?
나 쳐다보는 거야?
나 왜?? 내가
아까 쳐다봐서??

…계산
하실 건가요?
아! 네네!
여기요.

흑시…

흑시 내 번호
물어보려고!
쿵쾅!
쿵쾅!
쿵쾅!
쳐다본 건
아니겠지?
쿵쾅!

말도 안 돼!!
서점에서
누가 그래?!
?!!!!
만약에
진짜면?

조그만 천천히 걷자!!!
혹시 모르잖아!
-HOXY 세포-
멈칫!
진짜로 번호
물어보는 것일지도
모르잖아!!!!

쿵쾅!
쿵쾅!
쿵쾅!

??
쿵쾅!
쿵쾅!
쿵쾅!

저기요.
쿵!!!!!!
쿵.....

쿵쾅!
쿵쾅!
쿵쾅!
쿵쾅
쿵쾅!
저요?

쿵쾅!
어떡해!! 맞나 봐!
번호 따는 건가 봐
!!!!!
쿵쾅!
쿵쾅!
쿵쾅

꿈만 같다! 말도 안 돼!
봤냐? 나 아직 안 죽었다!!!
번호? 당연히 달라면 줘야지
아니! 일단 번호는 주고 톡 주고받아서
이야기해 보다가 괜찮으면 만나는 걸로 하자
가까이서 보니 눈이 선하게
좋은 사람 같아
의외로 이런 이 순정파가
휴가 안 쓰기 거 다시 쓴 두자
사람 일 혹시 모르니까
왜요?

그 책 초판 하드커버가
그쪽이 사신 게 마지막이라고
하더라고요.
????

실례인 줄 압니다만
혹시 저한테 파실 생각
없으실까요?

아……

그럼 그렇지!!
요새 서점에서 누가
번호를 따!!!
꽤액!!!!!!
-그럼 그렇지 세포-
아! 사람
헷갈리게!!!
이 되팔이!!!
키요!!

저도 필요해서
산 거예요.
안 팔아요.

아 네…
그렇군요.
그럼 혹시…

혹시라도 나중에 다 보고
필요 없어지게 되면 자기한테
팔라고 했다.

가격은 부르는 대로
사겠다고 했다.

큐알 코드만 인쇄된
이상한 명함 뒤에
자신의 번호와 이름을 적어줬다.

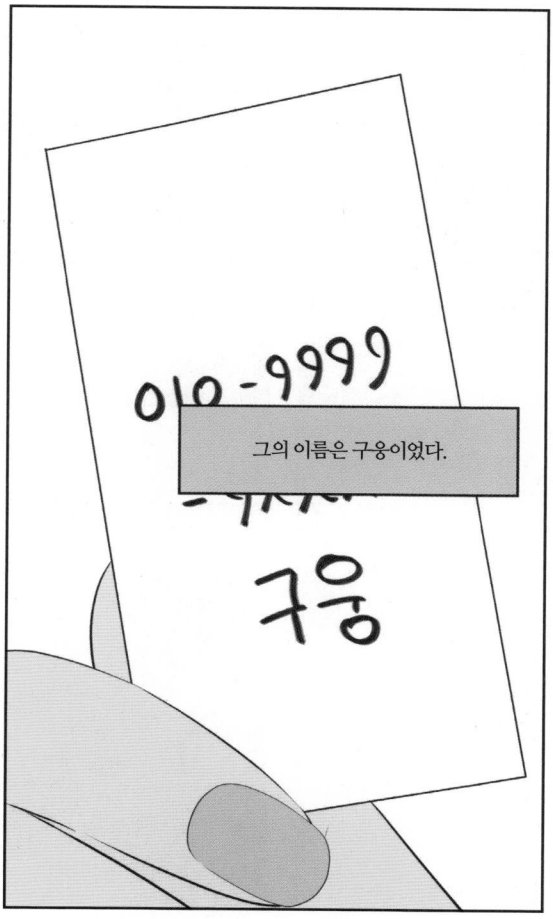
010-9999
구웅
그의 이름은 구웅이었다.

495

신간 소설 2

내가 바쁘든 말든
자기 할 말이 생기면
갑자기 툭 튀어나오는 녀석이
HOXY 세포다.
타닥ㅡ
타닥ㅡ

내가 곰곰이
생각해 봤는데 말이야.
-HOXY세포-
팅!
혹시 번호 따는 게 아니라
번호를 건네주기 위한
전략은 아니었을까?

만약에 진짜면?!
연락 오길 기다리는 거면?!!
그래서 놓치면 누가 책임질 건데!!
…또 저 이야기
일 좀 합시다!

책 어떻게
하기로 했어?
그러게…

내가 조사 좀 해봤는데
그 책이 요즘 핫하긴 하지만
-명탐정 세포-
웃돈 주고 사서
소장할 정도는 아니래.

정말로 연락처를 줄
구실이었던 건 아닐까?
깨봐라!!!
-HOXY세포-
!!!

네 번호 때문이었으면
가격 상관없이
사겠다고 하지 않을까?
비싸게 팔겠다고
한번 해봐.

한… 삼만 원
이렇게?
장난해?
십만 원 이렇게 해봐.

일주일이나 지났는데
…기억하겠지?
아… 떨린다.

지난주에 서점에서
김유미 작가 초판 사고 싶다고
연락처 주셔서 연락드려요
혹시 책 구하셨나요?
타닥ㅡ
타닥ㅡ

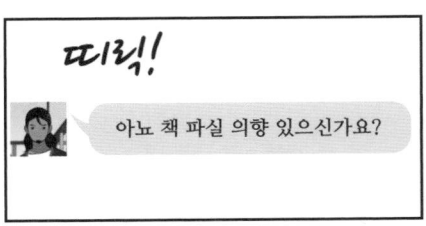
띠릭!
아뇨 책 파실 의향 있으신가요?

!!!!
꿀꺽!

쿵!
쿵!
쿵!
넵

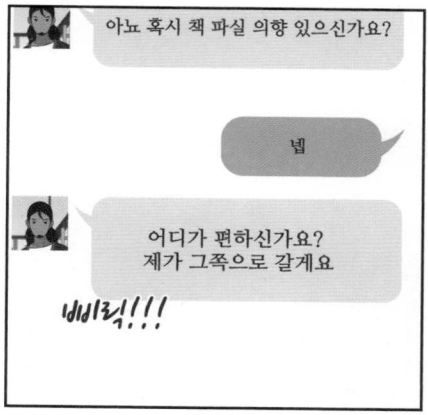
아뇨 혹시 책 파실 의향 있으신가요?
넵
어디가 편하신가요?
제가 그쪽으로 갈게요
삐삐릭!!!

슬기야!!
너 지난번에
남자친구랑 갔던
카페가 어디였지?

거기? 줄리단길.
거긴 왜?

줄리단길 쪽에서 보면
괜찮을 것 같은데요
네 좋습니다
오늘 거래 가능하세요?
삐삐릭!

.....
오늘은 일 때문에 어렵고
이번 주 토요일 괜찮습니다
타닥!
타닥!

네 그럼 이번 주 토요일 2시 줄리단길에서 뵙겠습니다
그래서? 두 사람 만났대?

아니. 문제는 지금부터인데 책이 없는 거야. 어디에 흘렸는지 도저히 못 찾겠더래.
어휴…

야! 너 오늘 부탁한다는 게 혹시 그 책 구해달라는 거?

어떻게 안 될까? 너 출판사 직원이잖아. 걔 너무 딱하지 않아?

어디에서
나온 책이야?
줄리 문학사.

줄리 문학사?
거기 순록이 다니는 회사잖아!

잘 해결했냐? ㅋㅋ
삐삐릭!

응 잘 해결했어
작가협회 연결해 줘서 고마웠어
고마웠으면 나도 부탁 좀

뭔데?
나 책 좀 구해줘
너네 회사 거야

나 왔어 순록아.
빨리 가자. 시간 늦겠어.
!!

누나 혹시
초판 남은 거 있어요?
누가 좀
구해달래요.

돈 내고
사라 그래!!
광!
광!
-자린고비 세포-
-사랑 세포-
줘! 줘!
집에 많잖아!!

정민이라고
암튼 걔 친구의
회사 사람이 애타게
누나 책 구하고
있대요.

아 정말?
넘 감동이네.

잠깐만. 정민이면
남자야 여자야?
-귀-
남자.

그… 방금 말한
정민 씨는 남자분?

아뇨, 여자.

쿨하게 대처하기
무슨 사이냐고 꼬치꼬치 캐묻기
〈옛날 사람 전용〉
끙……

그래! 유미는 옛날 사람 아니니까!
-사랑 세포-
한 권만 필요한 거야?

네! 책 있어요?
쿨하게!!!

개쿨하게
!!!

책 없어.
한 권도요?
음, 단 한 권도

496

신간 소설 3

있어라!
있어라!
제발 한 권이라도
남아 있길 기도합시다!!

제발…
한 권만!!!

뭐래?
책 있대?

…없대.
심지어 출판사에도
재고가 없대.
안 돼!!!

그냥 솔직하게 말하고
차나 한잔하자고 해봐.
그런 말은 죽어도 못 해.
너무 이상한 사람 같잖아.

거래를
미루면??
그사이에
어떻게든 책을
찾으면??
타닥!
타닥!
어?! 그 남자한테
보내는 거야?

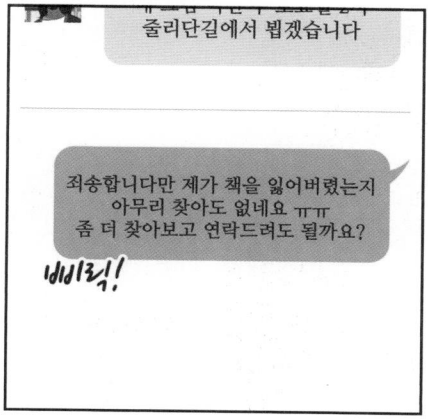
줄리단길에서 뵙겠습니다
죄송합니다만 제가 책을 잃어버렸는지
아무리 찾아도 없네요 ㅠㅠ
좀 더 찾아보고 연락드려도 될까요?
삐리릭!

어어! 프로필 사진!!!
나도 보여줘!
구웅
Ku Woong
대화하기
오오!
멋있네!!

그치?
근데 실제로 보면 좀
날카로운 인상이야.
머리까지 길어서
좀 무섭기도 한데

뭐랄까?
아우라가 좀 있다고
해야 할까?
아! 자신감이
넘쳐 보인다고
하는 게 맞겠다.

그런 사람이면
왠지 만나는 사람
있지 않을까?
아냐, 없을 거야.

네가 어떻게 알아?
만나는 사람 없는지?
…없어.
없을 거야.
없어야 되고.
샥!!!!
있으면 어쩔 수 없지.
맘 접어야지 뭐.
사진으로 봐서는
되게 쿨한 성격 같아 보여.
빠직!!!
그치?
맺고 끊는 것도
확실할 거 같아.
죄송합니다만 제가 책을 잃어버렸는지
아무리 찾아도 없네요 ㅠㅠ
좀 더 찾아보고 연락드려도 될까요?
괜찮아요 책 필요 없을 것 같아요
미리 연락 주셔서 감사합니다
좋은 하루 보내세요
띠릭!

혹시 책 구했어? ㅠ
삐릭!!!

편집장님 벌써 도착하셨대?
MUSIC
아뇨. 정민이 책 구했냐고. …미안하네.

…친해?
그렇게 친한 건 아닌데 좀 미안한 친구?

취업스터디 멤버였는데 얘한테 도움 많이 받았거든요.
워낙 주변 사람들 잘 챙기는 타입이라.

근데 스터디 그룹에서
얘만 취업이 안 됐었거든요.
아주 오랫동안.
하긴 그땐 저도
누굴 도와줄 수 있는 상황이
아니라서.
!!
도움만 받고
나는 못 챙겨줘서
미안한 마음이 좀 있죠.
근데 지금도 좋은 일 있으면
제일 먼저 축하한다고
연락 오는 친구예요.
회사 옮겼다며
축하해 ㅋㅋ 줄

아마…

작업실에
초판 한 권 있을 거야.
잠깐 들렀다 가자.

나도 누구 챙겨주려고
놔둔 건데, 일단
네 친구 먼저 전해줘.

친구한테 말해줘.
책 있다고.
연락해 줘야겠다.
좋아하겠네.

에고고고…
띠리릭!

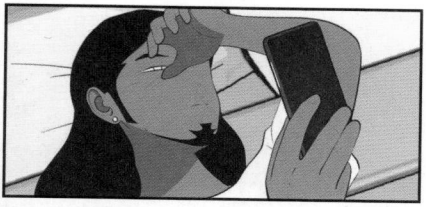

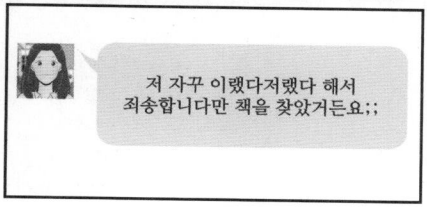
저 자꾸 이랬다저랬다 해서
죄송합니다만 책을 찾았거든요;;

저 자꾸 이랬다저랬다 해서
죄송합니다만 책을 찾았거든요;;
책은 이제 필요 없어져서요
암튼 감사합니다
삐리릭!!

거봐라!!!!!
-그럼 그렇지 세포-
뚝!
켁!
그게 마지막 대화였다.

아니! 아직 대화 안 끝났어.
-HOXY 세포-
이렇게 된 이상 내 필살기를 써야겠다!

뻔한 결과 꼭 끝을 봐야 시원하겠어?!
혹시 모르잖아.

지금 네가 보내는 문자 하나를 계기로
연애가 시작될지!! 혹시 모르잖아!!!

?!
띠릭!

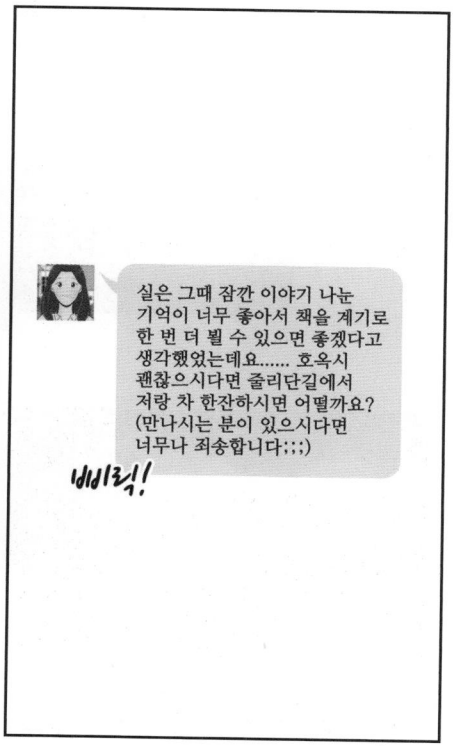
실은 그때 잠깐 이야기 나눈
기억이 너무 좋아서 책을 계기로
한 번 더 뵐 수 있으면 좋겠다고
생각했었는데요..... 호옥시
괜찮으시다면 줄리단길에서
저랑 차 한잔하시면 어떨까요?
(만나시는 분이 있으시다면
너무나 죄송합니다;;;)
삐삐릭!

497

신간 소설 끝

두둥!!!
실은 그때 잠깐 이야기 나눈 기억이 너무 좋아서 책을 계기로 한 번 더 뵐 수 있으면 좋겠다고 생각했었는데요..... 호옥시 괜찮으시다면 줄리단길에서 저랑 차 한잔하시면 어떨까요? (만나시는 분이 있으시다면 너무나 죄송합니다;;;)
?!

나는 만나는 사람이 있는가?
아니오

.....
만나보고 싶은 상대인가?
아니오
거절한다.
타닥!
죄송합니다만
타닥!

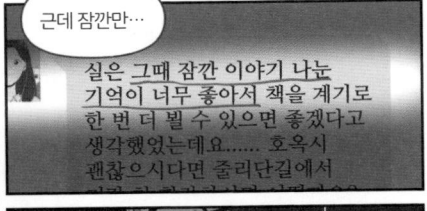
근데 잠깐만…
실은 그때 잠깐 이야기 나눈 기억이 너무 좋아서 책을 계기로 한 번 더 뵐 수 있으면 좋겠다고 생각했었는데요..... 호옥시 괜찮으시다면 줄리단길에서

무슨 이야기를 나눴었는가?
????

세포3912
왔다!!!
세포3912
답장 왔다 ㄷㄷㄷ
세포8876
ㄷㄷㄷ
삐리릭!
퇴근 안 해?
정리 좀 하고 갈게.
내일 보자!
책 고마워!
세포5959
책 고마워 ㅠㅠ
세포8790
조심히 들어가십쇼 갓술기님
세포3912
빨리! 확인해 봐!!!
세포3912
두근두근!!!
그날 책 이외의 대화를
나눈 기억이 없는데요??
쓱!!!
세포7765
긍정도 부정도 아닌데?
세포2341
닥쳐! 어쨌든 질문이다!!!

네가 답장을 보내!
-TMI 세포-
내가? 필요 이상으로 많은 정보를 나열하는 특성을 지닌 나 TMI 세포가 구웅을 상대하라고???

뜩!
실은 저한테 말 걸기 전부터 보고 있었어요

세포7765
묘사가 자세하네 ㅋㅋㅋ
세포3356
옷이 튀긴 했지
세포8865
웹소설 도입부인가요?
세포3356
문자 엄청 길어질 듯
그날 흰색 브라키오사우루스 패턴의 스칼렛 레드색 카디건을 입고 서점에 들어오셔서 눈에 띄었었거든요

게다가 집중해서 보셨던 책이 제가 마침 골랐던 책이라 관심이 더 갔었죠
세포6512
하암~ 벌써 지루해
세포5546
닥쳐라 찬물 끼얹지 말고

세포3356
구웅 : 문자 다 보내면 깨워
세포5546
아예 고백을 해라
그러다가 문득
'어떤 사람일까?' 궁금했는데
책을 팔 수 없냐고 물으셔서
굉장히 놀랬어요

결과적으로는 그 책은
잃어버렸지만요
???

오류를
발견했는가?
네
아까 책을 찾았다고
하시지 않았나요??
타닥!
타닥!

제 책은 못 찾았지만 대신
다른 책이 생겼어요 ㅎㅎ

드라마 같은 일이
생겼거든요!

……

그니까…
그 드라마 같은 일이
뭐냐고?

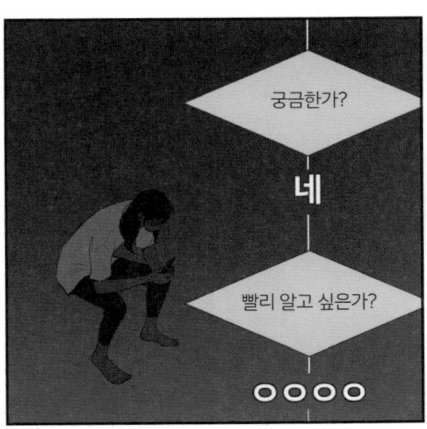
궁금한가?
네
빨리 알고 싶은가?

답변을
재촉한다.

삐릭!
책이 어떻게 다시
생겼는데요???

미안하지만 다음 대사를 위해서 어그로 끌고 있었다!!!
약속 내놔라!!!
-약속 강탈자-
타닥!
타닥!

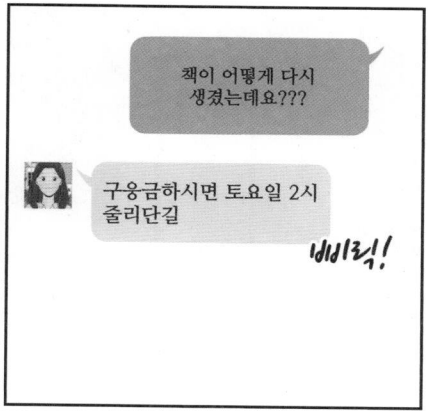
책이 어떻게 다시 생겼는데요???
구웅금하시면 토요일 2시 줄리단길
삐리릭!

구웅금하시면 토요 줄리단길
큽!!!

방금 웃었는가?
아니오
그냥 피식했는가?
네

그게 웃은 거야 인마!
넌
삐리릭!
ㅋㅋ

세포5567
ㅋㅋ는 형식적인 것이다
세포9987
어쨌든 웃었잖아!
웃었어!
세포3654
약속을 강요하지 말라고 ㅋㅋㅋ
세포7759
없는 약속 받아드립니다

더 밀어붙인다!
약속 내놔라!!
쉬아아악!!!!
타닥!
타닥!
토요일에 줄리단길에서
차 한잔 괜찮으실까요?

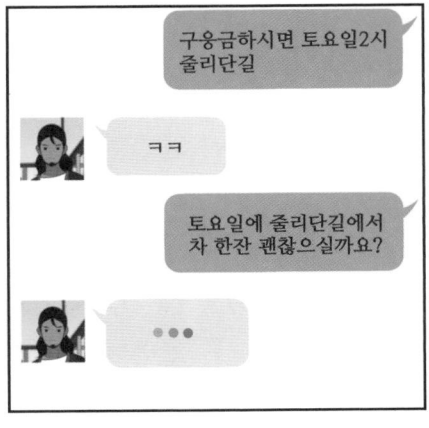
구옹금하시면 토요일2시
줄리단길
ㅋㅋ
토요일에 줄리단길에서
차 한잔 괜찮으실까요?
•••

세포1134
야! 야! 답장 온다!
세포8876
ㄷㄷㄷ
세포1134
떨린다!! 아 제발!!!
세포7765
!!!!!!!!!
세포5959
대박!!!!!
세포1132
으아아아아!!!
세포4456
볼 좀 꼬집어봐!!!
세포9912
아 이런 거 넘 좋아 ㅠㅠㅠㅠ

JENNY
잼나네 ㅋㅋㅋ

준영이
가볍게 읽기 괜찮은 듯

JENNY
다른 의미로 나에게 설레임을 가져다준 작품
작가님도 행복하세요!

진
아!!! 재밌땅!!!!

Cersei
굿

진짜 진짜
진짜로.
이번엔
잘될 거 같아?

잘될 거 같아요.

498

쉘 위 댄스 1

요새 날씨 엄청 좋지 않아?
요즘 같은 때 제주도 간 사람들
엄청 신나겠네. 크으…

어?!
김유미 소설 부문
현재 1위!!!
우와!!
진짜 진짜?!!

여자친구는 가끔 기분이
좋으면 춤을 출 때가 있다.
으쓱~
으쓱~
둠칫!
둠칫!

!!!!
쿠!!!
뚝!

방금
방금 뭐?
춤 췄죠?
누가? 내가?
ㄴㄴ

실제로 목격한 적은
한 번도 없다.
샥!!!
??

국자에 반사된 장면을
통해서
끼얏호!
수제비 좋지!!
그 존재를 처음
확인했을 뿐이다.

여자친구는
내 시야의 사각지대에서만
춤을 춘다.

본인의 댄스를 자각하지 못하는 건 아닐까?
그냥 무심코 툭 튀어나오는 제스처일수도 있잖아.
-이성 세포-
아니! 분명히 춤을 춘 거야. 이걸 봐!
유미 누나가 춤출 때 사랑의 엑스레이에 찍힌 세포야.
아무래도 춤을 담당하는 세포 아닐까?
근데 왜 쳐다보면 숨지?
굉장히 샤이한 성격인가 봐.

서프라이즈한 상황에서는
흥을 못 참고 잠깐
나오는 것 같아.
…그렇다면

서프라이즈한 상황을
만들어내면
-프라임 사랑 세포-
또 만날 수 있지
않을까?

…듣고 있어?
?!!!

네.
루비 씨가 전시회를
보고 왔다고.
그렇지

원래는 말티즈 특별전을
나랑 가기로 한 건데
제트 작가랑 홀랑
둘이 가버린 거지.

…누나, 강아지
좋아해요?

강아지 소모임
응, 귀엽잖아.

근데 전시회에
사람이 너무 많아서 제대로
보지도 못했는데 암튼
그게 중요한 게 아니라…
여자친구는 늘
단서를 흘려둔다.
툭!

여자친구에 대해 더 알고 싶다면
흘린 단서를 주워서 펼쳐보기만 하면 된다.

부스럭~
부스럭~

나도
말티즈 특별전
가고 싶어

구매팀!!
말티즈 특별전 티켓
두 장 구매해 줘!!!
구매팀
ㅇㅋ
다다다다!!!!

티켓 확보했어!
유미한테 티켓 링크
공유할까?
샷!
아직 안 돼!

서프라이즈하게
줄 거야.
댄스 세포를
소환시킬 거거든.

저녁
넘 맛있었어.
다음에 더 맵게
할까요?
…그래.

누나

집에서만 데이트
하는 거 편하고
좋죠?
?!!

-대답 솔루션 팀-
나는 처음부터
집들이를 싫어했어
순록이 모습
바쁜 참이야!
만날 것은 좋
맵찬수-편 어때?

응.
집이 편하고 좋지.
띠링!!!!!

어? 나한테 지금
문자 보냈어?
뭘 보낸 거야?
흠흠
깜짝

어?!
말티즈 특별전
티켓 산 거야?
아까
그 이야기했다고???

두둥!!!!
꿈틀!
꿈틀!
소환하는 건가?!!

아!! 나왔다!!!
댄스 세포!!
하하하.
좋다 좋아!
씰룩~
씰룩~

나는 알아냈다!!!
김유미의 댄스 세포 소환법을
알아냈어!!!
우칫!
뚜칫!

짧았지만 소환시켰다!
한 번 더??

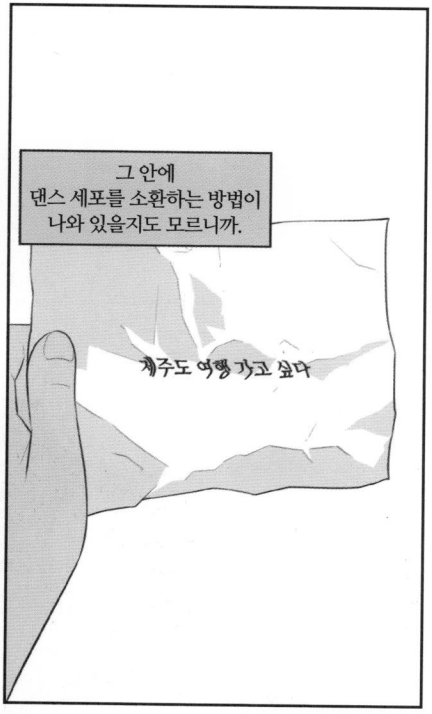
그 안에
댄스 세포를 소환하는 방법이
나와 있을지도 모르니까.
제주도 여행 가고 싶다

그렇다면 여자친구가
오늘 흘린 단서를 주워서
펼쳐봐라.

499

쉘 위 댄스 2

툭!

누나!
혹시 샌들 있어요?
?!

여름용 가죽 샌들 1개,
비치 샌들 2개!
그러면 1 더하기 2니까…
세 개!!!
-패션 세포-
패션 세포는 빠르다.

호기심 세포는 더 빠르다
갑자기 샌들은
왜?!!!!
아 급해!!!
쌔에에엥!!!
샌들은 왜?!
왜? 왜?
왜 물어본데?!!!
여긴 빠른 놈이 마이크 잡는 세상.

따닷!!!!
어딜!!

샌들 있어? = 바닷가 갈래?
둘은 같은 말!
-여행 세포-
차륵!
아니다. 가장 절박한 녀석이
마이크를 잡는 세상이다.

그냥…
샌들 있냐고
물어본 건데.

야!
누군 몰라서
가만있는 줄 알아
?!!!!

샌들은 왜? 여행 가게?
바닷가 같은데?
갈 거면
샌들 새로 하나 사고.
너무 낡았거든.

이 자식이
남의 서프라이즈에
찬물 뿌리네? 응?
우리도 다 알거든?!
저거 서프라이즈면
어쩔래?
네가 물어낼 거야?

감성 세포야!
유미가 찾아!
너 이 새끼
오늘요 죽는 줄 알아

?!!!!
귀엽다.
누나!
다 골랐어요?
!!
다 샀어?
그럼 가자!
누나는요?
난 살 거 없어.
Maltese ☆ Maltese

이거까지
같이 계산해 주세요.
네.

저거
유미 주려고
산 거다!!
-사랑 세포-
-입방정 세포-
못 본 척하라고!

이따가 순록이가
저거 주면 리액션 좀
해줘!
넵!
-리액션 1호-
전혀 몰랐다는 듯
ㅇㅋ?
ㅇㅋ

누나 이거!
!!!
어?!
뭔데 뭔데?!

이거 뭔데?!
나 주려고 산 거야?!

귀여워서
하나 샀어요.

으앙!! 뭔데!!
고마워!!
개감동이야!!
넘 예쁘당!!!

히힛
고마워~
.....

.....

가끔
누나 기분 좋으면
춤추잖아요.
내가?? 진짜?
어떻게??

아! 그 있잖아요.
이렇게 이렇게
하는 거.
꿈틀~
꿈틀~
!!

이렇게??
삐걱!
삐걱!
아니! 아니!
허리도 같이 움직여야죠.
목 좀 빼고.

어깨에 힘 빼고!!
시선 정면!!!

힘 들어갔다!
힘 빼고!
다시 파이브 식스
세븐 에잇!

어깨! 시선!!!
뭐 해 김유미!!!
이거 아니잖아!!!!
꿈틀~
꿈틀~
휘청!!

선생님, 저 더는 못 하겠어요.
뭘 말씀하시는 건지도
모르겠고요.
털썩!
기대에 못 미쳐
죄송하지만
샘이 잘못 보신 거예요.

아니!
내가 분명히 봤어
그 춤출 때…
진짜 웃겼단 말이야.

아 진짜??
어떻게 췄지?
내가 어떻게 췄을까?
재연하고 싶다.
근데 너
춤 잘 추네?
……

우리 여기서
내리죠.
띵!
지하 1층 가는 거
아니었어?

온 김에
샌들 좀 보고 가요.
샌들??

백화점 안에서 패션 세포는
정말 빠르다.
와다다다다!!!
남자 어반 스타일 샌들
봐둔 거 하나 있어!!!
내가 고를 거야!!!!!
내가
봐둔 거 있는데.

하지만 휴가 시즌에 여행 세포를 따라갈 순 없지.
이 멍청아!! 저건 해변용 샌들 말하는 거야!!!!
팍!!!

샌들 사러 가요 = 바다 보러 가요 둘은 같은 말이거든.

비치 샌들?
네. 누나 신을 거.

새로 사야 한다면서요.
우리 진짜 휴가 때 어디 가는 거야?

음… 제주도?
에잇 결국 말해버렸네.

깜짝 놀라게
해주려고 했는데…

500

쉘 위 댄스 3

하…
비행기 시간 늦겠네.
빵!
빵!
그러게 좀 더
일찍 나왔으면
좋았잖아요.

일찍 가도
할 거 없다고 한 건
너잖아.
차가 이렇게
막힐 줄은 몰랐죠…
왜 화를 내요?
〈여행 징크스1〉
내가 공항 갈 때는 반드시
길이 막힌다.

싸워라 싸워라! ㅋㅋㅋㅋㅋ
김유미가 모처럼 여행 가는데
쉽게 될 줄 알았더냐?
까악까악
-징크스-

도착하기도 전에
싸우게 생겼네.
푸헤헤헷.
나 여행 세포야.
설마 내가 이걸
예상 못 했을까 봐?
-여행 세포-

누나 때문에 늦을 듯
너 때문에 늦는 거야
네가 보고 있는 것은 유미의 상상이다!!!!!
내일 아침에 이러는 거 아니야?!

꾸욱!
순록아! 내일 공항에 좀 더 일찍 가자. 혹시 차 막힐 수도 있으니까.

얼마 만의 여행인데 징크스의 장난에 놀아날 순 없지! 절대로!
아직 2시간 일찍 출발한다!

yumiiii****
yumiiii****
공항에서 커피 한잔
차가 의외로 막혀서 일찍 오길 잘한 것 같아요
#여행 #공항 #여유

시간 맞춰서 왔으면
큰일 날 뻔했어요.
차가 그렇게 막힐 줄 몰랐어요.
헤헤헤헤
일찍 나와서 다행이야.
넘 설렌다 히힛.

?!!
근데 너 땀을 왜 이렇게 흘려?
순록이 아픈가 봐!!!!
안 돼!!!!
〈여행 징크스2〉
여행 가면 같이 간 사람이 아파서 아무것도 못 하고 올 때가 있다.
야!!! 이 나쁜 자식아!! 순록이는 건들지 마!!
크투!!!!
-사랑 세포-

여행 망치는 건 상관없지만
남자친구 건드는 건
내가 못 참지!!!!!
콰지지직!!
까악
이러다
징크스 죽겠어!
좀 더 힘내!
사랑 세포야!

나 아니야!!
허으윽!! 다른 사람을
아프게 하는 기술은 없어!!
엉엉엉!!
서럽!!
-징크스-
미안.
삐뚤 아니라고
하지

너 어디 안 좋아?
그냥 조금 더워서요.
…아프면 말해.

yumiiii****

yumiiii****
순록이 아픈 줄 알고 식겁
그냥 더웠을 뿐이래요 휴우~
#여행 #비행기 #두근두근

아깐 오해해서 미안해.
네가 또 여행 망치는 줄 알고.
아냐, 괜찮아.
오해할 수도 있지.

손 좀 줘볼래?
줄 거 있어.

나한테? 뭔데?

?!!!!!
뚝!
〈여행 징크스3〉
여행지에 도착하면 반드시 비가 온다.

주룩-
아… 비 온다.
분명
새벽에 온댔는데…
주룩-

까악!
까악!
푸하하하!!!
징크스님의 맛이 어떠냐
요놈들아!
징크스
이 새키를 진짜…

그럼 사려니 숲 산책은
어떻게 되는 거야?
수영은?!!
안됐다!!
꽥!!
흑돼지구이는?!
-여행 세포-
비 오면 못 가.
스케줄 모두 취소야.

야!!! 자신 있다며?!
이번 여행은 문제없다며?!!
-감성 세포-
이거 뭐야!
말이 다르잖아!!!
환불해 줘!!

하하하하하하하하!!!!
추가로 해안가 드라이브도
취소다, 요놈들아~!
징… 크스!!!

망했다… 망했어.
오늘 일정은 다 끝났네.
일단 비 그칠 때까지 숙소에 있죠 뭐.
숙소?!
오후 스케줄 없어도 돼! 아니, 없어야 돼!
-응큼 세포-
퍼엉!!!
응큼이가 커졌다!!!!
이쪽은 나한테 맡기고 어서 유미를 숙소로!! 어서!!
이러려고 왔다 거절해?!
그럼 우리 숙소로…

-출출 세포-
누구 맘대로 다른 스케줄을 다 없애? 너 혼나볼래?
헉!!

그럼 우리 숙소 가서 비 그칠 동안 맛있는 거 먹자.
?!

근데 너 진짜 괜찮은 거 맞아?
누나 저 진짜 괜찮아요.

순록이 배가 아까부터 왜 이러는 거야!!!
빨리 배 속에 있는 놈들 다 소환 조사해!!!
배 아파…

분명 범인은
이 중에 한 놈인데…
김밥
우유
아까 입에 넣었을 때
좀 수상한 녀석
없었어?

저놈 같아요!!!
인상이 더러워요!!!!
힘 억울해!
아까 먹은
김밥 때문인가?

순록아, 어쨌든
도착했으니까 우리
사진 찍자!
하나 두울
셋!

yumiiii****

yumiiii****
드디어 도착...했으나
아쉽게도 비가 와서 숙소에서 딱새우찜 먹기로
#여행 #비 #딱새우찜

501

쉘 위 댄스 4

키 크신 분들은 뒤로!
다 안 나오니까 좀 붙으세요.
촘촘히!!
와글~
나 안나와!!
와글~
그럼 찍습니다!
하나 두울~

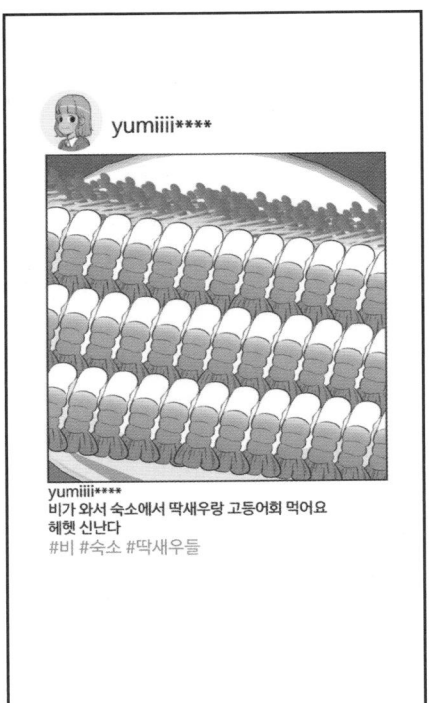
yumiiii****
yumiiii****
비가 와서 숙소에서 딱새우랑 고등어회 먹어요
헤헷 신난다
#비 #숙소 #딱새우들

나 눈 감은 거 같은데!!
됐어 됐어.
어차피 안 보여.

.....
누구세요?

저승사자다 이놈들아!
영정 사진 잘 찍었냐?
-출출 세포-
헉!!!
이제 먹어볼실까?

잘 먹겠습니다!!!!!
…누나
천천히 먹어요.

딱새우 이놈들!!
절대 용서 못 해!!!!!
와다다다!!!!
와구와구!

헤헤 어떠냐?
요놈들아!
?!!
왜… 적들이
줄어들지 않지?

아무리 해치워도
녀석들은 어디선가
또 나타난다.
딱새우를
너무 많이 샀나?

아직 고등어회에는 접근도 못 했는데…
왜 두 사람이 딱새우 2개 군단을 처리 못 하는거지?
2인분인데 진짜 양 많다! 그치?
!!!!!!
꺼적꺽…
꺼적꺽…
야! 한 마리를 상대 못 하고 지금 뭐 하고 있는 거야!!!
뒤질라고!!!
잇챠 잇챠!
-순록이 출출 세포-

딱새우
펀치!!!!!
펀치!!!

순록아!!!!!
악!!!!
털썩!

?!!
너 왜 안 먹어?

먹고 있어요.
너 솔직히 말해봐.
어디 안 좋지?

…저 아무래도
체한 거 같아요.

뭐?!!!
어쩐지 아까부터
이상하다 했다!!!
아프면
말을 해야지!!!
…그러게요.
난 여기까지인가 봐.
너 먼저 가.
한 놈도
해치우지 못해
…미안해.
진짜 별거 아니에요.
곧 괜찮아질 거예요.
?!
너무 신경 쓰지
마세요 누나.
네가 없으면
여행도 없어.
나 혼자 우적우적
먹으라고?

출출이는
동료를 버리고 가지
않는다.
내 손 잡아.

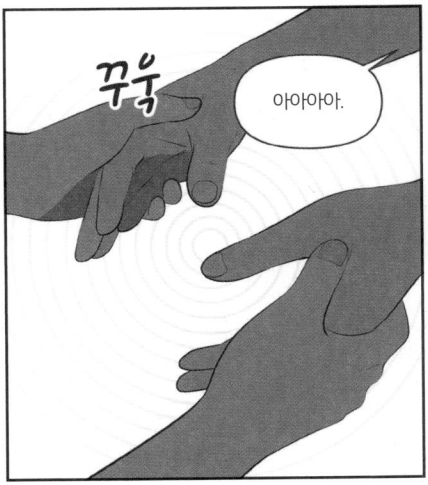
꾸욱
아아아아.

엄청 심하게 체했네.
멍청아 진작 말을 해야지.
아…아!
꽝
꽝

나 체했을 때
누가 여길 눌러준 적이
있거든?
막힌 게 금방 내려갔어.
진짜 효과 있더라고.

너 왜
체한 줄 알아?
아까 김밥 먹은 게
잘못된 거 같아요.

아니야.
긴장해서 그래.
여자친구랑 단둘이만
여행 와서. 맞지?

근데 이렇게
아플 때 손 눌러준
사람은 누구였어요?
아프니까
질투도 하네?
ㅋㅋㅋ
음… 그러게? 누구였더라?
분명 누가 눌러줬던 거 같은데?
왜?
속이 안 좋아?
응. 뭔가 좀 답답해서.
…뭘 잘못 먹었나?
손 줘봐.
아니면 드레스를
너무 꽉 조였나?

아니야.
긴장해서 그래.
신랑이 너무 잘생겨서.
맞지?

글쎄… 누구였지??
근데 이 장면 어디서
본 것 같지 않아?
뭐야. 왜
말 돌려요.

502

어때?
좀 괜찮아?

아직…
그래도 기분은
너무 좋네요.
쎄엑!

손 지압이
통하지 않는다면…
기별만 좋으면
안되는데?
다른 방법을 찾아내!
땟돌 좀 굴려봐!

병원 가!
영차!
손을 따!!!!
영차!
똥 싸!

순록이 아프다는
소식을 듣고 왔어.
우리가 좀 도울게.
-왼손-

아니 왼손?!
니들이 뭘 할 줄 안다고?
글씨도 못 쓰는 것들이.
부들~
부들~

훠이~
니들은 몰라도 돼.
가서 왼쪽 등이나 긁어.
-이성 세포-

너까지 우릴
무시하는 거야?
퍽!!
왼손은
특별한 손이야.

이 기술을 들어본 적 있겠지?
〈유미 손은 약손〉
물렁~
물렁~

비록 젓가락질은 못 해도
왼손에게는
특별한 능력이 있지.

좀 어때?
윤월~
윤월~
어… 음
글쎄요.

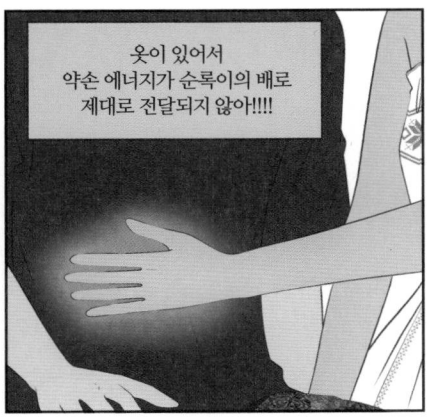
옷이 있어서
약손 에너지가 순록이의 배로
제대로 전달되지 않아!!!!

옷 속으로 넣어서
맨살에 약손을 시전하자!
-왼손-
유미 손은 약손~
유미 손은 약손~
?!!

뭐?!
맨살에?!!
그건 좀
아니지!!!!
-이성 세포-

너 대체 무슨 생각하는 거야?
아픈 사람 앞에 두고
설마 [redacted]를 생각하는 거야?!
맙소사!!!
지금 이런 상황에
[redacted]가 생각이 나??
…미안해
하면 거 계속해

?!!!!
손욱

물컹~
물컹~

?!
…순록아?

지문 인식 잠금 해제합니다

슈우우웅!!
쾅!!!
부르셨습니까? 주인님.
위-잉
-응큼 세포-
부름을 받고 재빨리 달려왔습니다!
안 불렀어!!! 꺼져!!!
난 지금 배가 아파서 그런 걸 상상할 상황이 아니라고! 돌아가!
그런 거??
그렇다면 그런 걸 상상할 수 있도록 체력과 마나를 원상태로 회복시켜 놓겠습니다, 주인님!!!
아! 됐다고! 필요 없다고!

신순록
슈퍼 파워
!!!!!!
쿵쾅!
쿵쾅!
쿵쾅!
쿵쾅!
얘는, 왜 이런게
말을 안 들어????
쿵쾅!

뜨겁다!
따끈~
따끈~
순록이 몸이 점점
뜨거워지고 있어!

약손의 효과가
들어간 것 같은데
이제 그만 손 좀 빼지?
유미 손은 약손~
유미 손은 약손~

아직 멀었어.
스무 바퀴는
더 돌려야 해.

아, 그만 좀 해!
언제까지 조물딱거리고
있을 건데!!!!
헉!
이 응큼한 것들아!!!
-사랑 세포-

?!!!
EEEE
-응큼 세포-

괜한 오해하지 마.
설명해 줄 테니까.
퉤!
퉤!

EEE
?!!!!!

유미야, 정신 차려!!
순록이의 배를 만지고 있는
애들 중에 응큼이도
섞여 있어!!!!
-이성 세포-
?!!!!!

이제… 괜찮아졌…지?
화악!!!!
스윽
그럼 이만…
슈우욱!!!!
잠깐만!!!
챡!!!

쿵쿵쿵— 쿵 쿵 쿵—

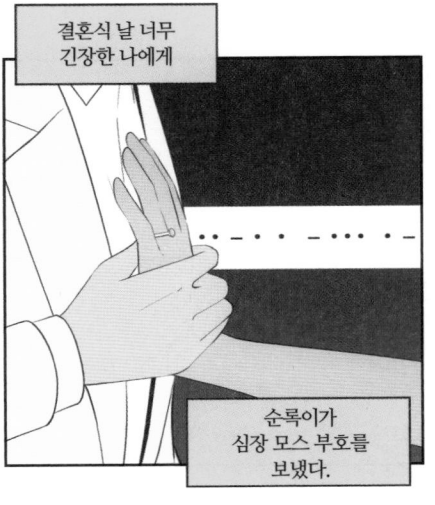
결혼식 날 너무
긴장한 나에게
순록이가
심장 모스 부호를
보냈다.

걱정 마, 유미야.
우리는 심장 모스 신호를
해독하는 능력이 있으니까.
-왼손-
왼손은
특별한 손이니까.

쿵!
쿵!
쿵!쿵!
쿵!
쿵!
나도 지금 떨려. 너처럼.

503

유미의 세포들 1

오늘따라
맑은 하늘이
너무나 아름답다.
-황영심-

나 지금
폭발할 것 같은
기분이야

어제는 비 온다고
폭발했는데 오늘은 맑아서
폭발해요.
폭발이야말로
감성 세포가
할 일이야.
-감성 세포-

주변에서 일어나는
흔한 일에도
의미를 부여해서
우와~
영심이가 순간순간을
늘 새롭고 짜릿하게
느끼게 해줘야 해.

나도!
나도 해볼래요!
폭발시킬래요!
여기서 말고
그곳에 가게 되면 그때부터
네 능력을 쓰게 될 거야.
그곳???

?!!!

천천히 먹어요
만식 씨.
냠냠냠~
와구와구

용서할 수 없어!!!
단 한 녀석도 남겨서는
안 된다!!!!
-출출 세포-
아~앙

요놈들!!!
가만두지
않을 거야!!!
와다다다!!!

와… 진짜 멋있다.
그만 놀래!
뭘 그만해?!

만식 씨
그렇게 먹는데도
살이 안 찌는 거 보면
신기해요.
먹어도 안 찌는
체질이라서요.

넘 멋있어요!
크림빵들 더 혼내줘요.
영심씨!
빵을 좀 더
시킬까요?

-출출 세포-
한꺼번에
많이 먹는게 중요한 게
아니란다.
머리 위에 달린
입맛을 지켜내는 게
더 중요하다는 거
잊어선 안 된다.

근데 저는 입맛이 왜 없는 거예요?
그곳에 가게 되면 거기서 새로 부여받게 될 거야.
그곳??
저는 여기서 일하는 게 아닌가요?
쿳 차!!
어디에 있든 그건 중요하지 않아. 중요한 건 뭐라고?
입맛을 잃어버리지 않고 간직하는 것!
그렇지! 우리 출출이는 어딜 가든 잘할 거야.
특별하게 선택된 아기 세포들은 비행기를 타고 유미공항으로 향했다.
행복하렴!!!

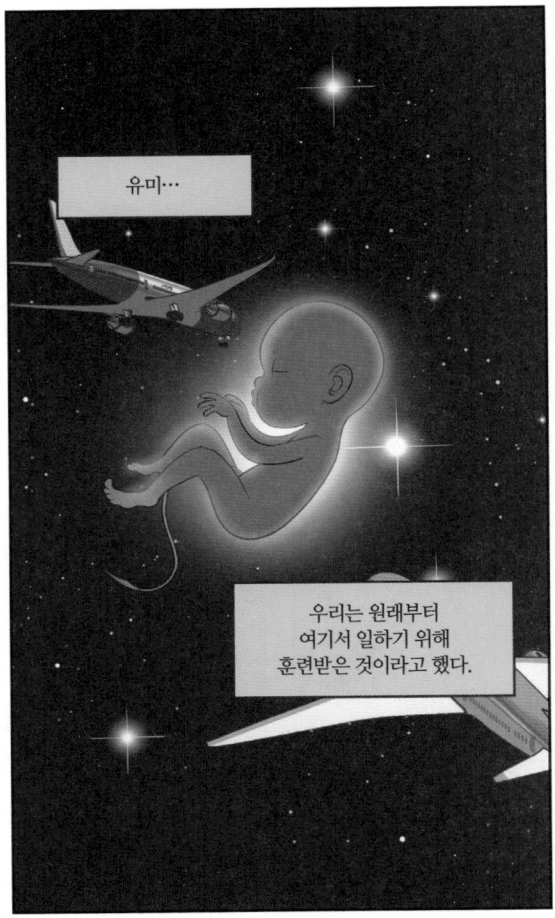
유미…
우리는 원래부터
여기서 일하기 위해
훈련받은 것이라고 했다.

그리고 이곳이 죽을 때까지 살게 될 마을이라고 했다.
유마공항
아…싫다
집에 돌아가고 싶어… 애들도 다 이상해.
입국장
쟤는 뭐야. 덩치가 너무 커. 무서워.
돌아가고 싶어. 원래 살던 곳으로…
흐으응!! 여기 그지 같애!
입국장
…진정해.
낯선 곳이라 너도 좀 무서운 거지? 나도 그래.
!!

난 이성 세포야.
만식이 마을에서 왔어.
입국장

나는
영심이 마을에서 온
감성 세포라고 해
감성 세포는
무슨 일을 해??

쉽게 말하자면
폭발 전문가야.

우와! 멋있다!
그런 세포도 있구나.
너는?

나는 누굴
말리는 일이래
누굴 말려야 하는지는
아직 모르지만… 헤헷.

앞으로
우리 친하게 지내자.

그래…
앞으로 잘해보자.

야! 김유미!!!
유미 언니
저희 왔어요!!!

남 과장님!! 대추 씨까지!!
와줘서 고마워요!
뭐야?! 유미 언니
벌써 우는 거야?!

야!!
눈물 탱크 열지 말라고!!!
화장 번진다고 인마!!!!
-이성 세포-
-감성 세포-
말 좀 들어!!!
닥쳐!!! 눈물 탱크
폭파시킬 거야!!!

넌 이쪽 신경 쓰지 말고
저 먹보나 가서 말려!!!
퍽!!!!
쟤 또 뭘
처먹으려고 하잖아!!!!

너 아침부터
아무것도 안 먹었지?

혹시 몰라서
간식거리 좀 사 왔어.
!!!

아앙~~~
퍼억!!!!
-이성 세포-
-출출 세포-
넌 또 뭘 처먹으려고!
그만 좀 먹어대!!!
유미 속이 안 좋단 말이야!!!

고마워. 근데 나 지금
너무 많이 먹어서 문제야.
속이 답답해 죽을 맛이야.
너랑다 ㅋㅋ

그럼 이거 드실래요?

이거 하나 드세요.
우기야!

504

유미의 세포들 2

나는 오래전에
이미 알고 있었어.

Oscar
2nd Single 'Signal'
오스칼
♡
유미
세상에서 가장 강한 세포는
사랑 세포라는 것을 말이야.
헤헤

오스칼 오빠!
사랑해요!!!
-사랑 세포-
용돈 모아서
콘서트 꼭
갈게요!!!

누군가를 좋아하는 힘은
끝도 없이 나오나 봐.
지치는 법이 없지.

?!
툭!

너도 들을래?

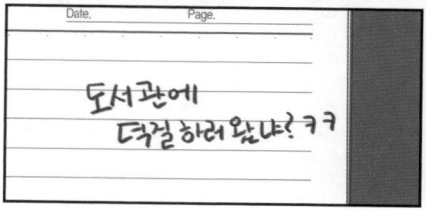
Date.
Page.
도서관에
덕질하러 왔냐? ㅋㅋ

ㄴㄴ

애도 아니고
아직도 연예인
좋아해? ㅋㅋ

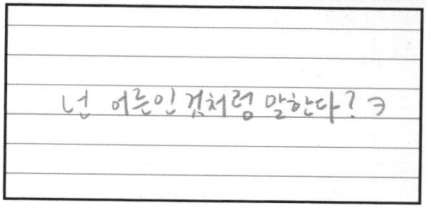
넌 어른인 것처럼 말한다? ㅋ

나는 덕질 졸업했어.
나는 진짜 연애할 거야.
졸업하고 한다며? ㅋㅋ

?!!!

휙!

????

????

설마… 유미를
쳐다보고 있던 걸까??
-사랑 세포-

힐끔…

…에이 설마

!!!!!!

두근!!!
두근
두근!!!
두근
세대교체는
순식간에 이루어지지.
휙!
사랑 세포가
원래 좀 그렇잖아?
두근!
두근!
두근!
두근!
두근!
엄청난 에너지의 덕력을
연애에 쓰기 시작한
순간이었지.
몸속에서 가장 강한 세포가
개량 이야기
나누고 싶어!!!!
보고 싶어!!!!
진짜 자신의 일을
찾았을 때 어떤 일이
일어나겠어?

떡!
비켜!!!
생각할 거 있으니까!
입맛도 없고

잠도 안 와.
비켜! 생각할 거 있어!

그 애만 보고 싶은 거지.

여기서 중요한 건
내 말도 안 듣는다는 거지.
적당히 좀 해.
나한테는 오스칼 오빠가
있단 말이야.

오스칼?
그게 누군데??
Oscar!
오스칼 오빠를
몰라? 벌써 잊었어?

그래. 내가 얘를
어떻게 말리겠니?
오스칼

우리 오늘
도서관 가서 공부하자.
엥? 또??
덕질은 집에
가서 좀 해.

난 여기 도서관 별론데.
너무 조용해서 잠만 와.
투덜
투덜
조용하면
좋지 뭘~

저기…
잠깐만!
!!!!
?!

지금
우리 부른 거야?
응.

우기야!

?!
누구야?

아!
친구.
전에 말했던…

그렇지? 좋아하는 마음은 마음대로 안 되지?
뭐 물어보고 싶은게 있어서.
누구한테?
사랑이 내 맘대로 되지 않는다는 걸
너한테.
나??
나는 오래전부터 이미 알고 있었어.
너 눈치보다 알지?

505

유미의 세포들 3

자자, 왼쪽 분
더 옆으로!
신부 친구분
브이 하시지 말고요.

늘 이런 건 아니지만
살다 보면 행복한 구간이 꽤 있다.

그리고 미래에
이런 행복한 순간이 있다는 걸
티저 영상
송출합니다.
과거의 유미에게 예고해 주는 게
바로 텔레파시 세포다.

뭐야?
왜 작동 안 해?
찰칵!
찰칵!
에잉
전기가 안 들어오잖아!
전기 끊겼나?

전기를 공연장에서
다 끌어 써서 그럴 거야.
공연?
엔도르핀
공연하잖아.

소리 안 지르면 나쁜 세포!!
모두 소리 질러!!
와아아아!!!!!!!!!
찰칵!
이거 뭐야?!!
물이 왜 있어?

얘들아!!
홍수 났어!!!
쏴아아아!!!!
공연장에 홍수가 왜 나!!!!

저 멀리
엄마의 모습에
눈물이 왈칵 쏟아졌다

들리지 않지만
알 것 같아요
잘 살게요
엄마…

아! 못생겨지잖아!!!
사진 찍고 울든가!!!
화장 지워진다고!!!

신부님 표정 밝게!!
활짝 좀 웃으면서!!!

야! 신랑!
웃어!!

비가 와도
우리는 멈추지 않습니다!
비 맞으면서
오늘 미칠 세포?!!
저요!!!

얘들아!
멧돼지 출몰이다!
또?!!
공연장에 멧돼지가
왜 출몰해?!

출출 세포다!!
꾸웨에엑!!!
세포깡 품절이라는데 이게 무슨 소리야?
콰직!!!
타… 탄수화물이 떨어졌어! 원료가 없단 말이야!
그럼 지방이라도 태워서 만들어.
쿡!!

나…
이제 배고파.

조금만 참아.
곧 끝나.

사랑의 힘이다
요놈아!!!!
-사랑 세포-
따귀!!!!
아 파ㅜㅜ
-출출 세포-
공연을 멈추지
말아줘요!
엔도르핀!

공연 안 해!!!
부웅!!!
가지 말아여! 엔도르핀!!!
오늘 같은 날은 오히려 엔도르핀이 공연하기 어렵다.
정신없는데 무슨 공연을 보고 있겠어?
이것들이 전기를 다 끌어다 쓰고 있었구만.
찍!
찍!
됐다! 이제 작동한다!
위이이잉!!!
과거의 유미야!!! 티저 영상 보내줄게!!! 보는 순간 두근두근할 거야!!
위이이잉!!!

-처음 만나던 날-
근데…

담당자님을 어디서
많이 뵌 것 같은데?
저를요?

-순록이가 고백하던 날-
다 됐다!
……

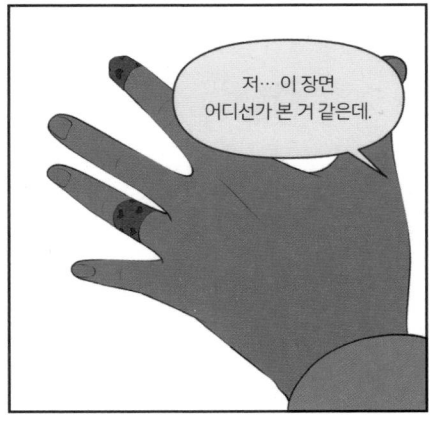
저… 이 장면
어디선가 본 거 같은데.

왜요?
그냥 이 순간이 너무 신기해서.
이번에는 신랑 신부만 찍을게요.
또 찍는대.
되게 많이 찍네.

-제주도 여행 갔을 때-
…찍었어?
음… 아마도?

여기 넘 예쁘다 그치?
컨디션 좋을 때 왔어야 했는데.

나중에 또 오면 되지.
왠지 한 번은 다시 올 것 같아.

둘 셋!
됐습니다!
됐다!
끝? 끝인가?

이제 끝났나요?
아뇨.
조금 더 남았어요.

506

새이

야! 구웅!
이제 일어나 쫌!
3학년 1반
서새이
2교시 때 깨우라며?
이제 5교시야!
도롱~
도롱~
야! 이야기 들었어?
4반 김유미랑 1학년 신순록이랑
진짜 사귄다던데?
진짜?!
??!!!!!
벌떡!

부들 부들
3학년 1반 구웅
(김유미 전전 남친)

…결국 난 또
아닌 거네?
미친… 설마 아직도
미련 있었냐?

우이씨! 나 학교 안 다녀!!!
왈칵!!!
뭐야?
뭐 하는 거야?!

김유미 때문에
땡땡이치는 거야?
지금?!

재가 드디어
미쳤구나

……
수업 종 울렸는데 어디 가?
빨리 교실로 들어가!

그럴 배짱도
없으면서 ㅋㅋㅋ
닥쳐…

야! 언제까지 이럴 거야?
네가 이러니까 재미없잖아.

하… 이건
구웅답지 않아.

심각한 건
구웅답지 않아.

……
은근 멍청한 듯해야
구웅 같아.

멍청하긴
누가 멍청해!!!!
무부도 나보다
못하는 게!!!
쿠워어어!!!!
원래대로
돌아왔네 ㅋㅋ

웅아…
지금 바빠?
3학년 5반 제니

지금 바쁜데 왜?

전에 네가 이 수학 참고서
구해달라고 했잖아.

절판이긴 한데
나는 안 쓰는 거라
그냥 너한테 팔려고.
그래도 새 거야

아…
유미 챙겨주려고
구한 거였는데.
망할…
아냐, 이젠 필요 없는데
……

못 들었어?
이제 필요 없대.
촤악!!!

아냐.
내가 구해달라고 한 거잖아.
얼마야 이거?
300원.
샥~

고마워.
돈은 내일 줄게.
웅

-다음 날-
이거 뭐야!!!
누가 이미 풀었던
책이잖아!!!!
앞부분은 이미
다 풀었잖아!
새 거라더니…!
하하하!!
어젠 멋있는 척
쿨하게 사더니
꼴좋다!
아 짜증 나…
그냥 지워서 써.
바보야.
내가 지워줘?
됐어.
얘 몇 반이야? 5반?
안 그래도 빡쳤는데
잘 걸렸다!
으르릉!!!
가만 안 둬!

다 비켜!
저 멍청이
원래대로 돌아왔네.

너무 세게 지우지마.
종이 울룩불룩해지니까.
벅!
벅!
벅!
벅!
벅!
응. 미안.
빨리 지워줄게.
나도 푼 줄 몰랐어.
질끔~
근데… 너 오늘
학교 끝나고 뭐 해?
환불해 달라는 건 줄 알았더니
지우라고 한 거였냐? ;;;
…구웅답네.

친구를 뺏기는 기분과
질투는 비슷해서 늘 헷갈린다.

어린 새이라면 헷갈렸겠지만
이제 아니지.
난 어른이잖아.

회사 비우고 또 어디 갔냐?
부탁할 거 있어서 왔는데
저녁에 약속 있어서 퇴근했어
근데 또 뭔 부탁?
뭔 약속? 데이트?

ㅇㅇ 재니랑 저녁 먹으려고
너도 올래?

ㅋㅋ꺼져
여친이랑 둘이 오붓하게 먹어
근데 또 뭔 부탁하려고
온 거지?
긁적~
긁적~

507

괴도 바비

괴도 바비가 나타났어!!!!
저쪽으로 갔다!!!

…구웅 백작이 약이 바짝 올랐나 보네?

겁도 없이 여기가 어디라고!! 당장 잡아!!
꼬래오덩!!!

정문으로 걸어서 나가긴 글렀군.

안에 무슨 일 있나요?
?!!!
아! 무도회장에 좀도둑이 들었나 봐요.

그보다 추운데 왜 나와 계시죠?

혹시 불 좀 빌릴 수 있을까요?
아! 담배 피우러 나오셨군요.
그게 아니고 목걸이를 잃어버려서 찾고 있었답니다.
아무래도 여기에 떨어트린 것 같은데 보이질 않네요.
같이 찾아보죠. 어떤 목걸이죠?
푸른색 사파이어가 달린 목걸이에요.
〈원칙 : 훔친 물건은 절대 되돌려주지 않는다〉
아무래도 내가 훔친 것들 중 하나인 것 같은데?

라이터는 드리죠.
꼭 찾으시길 바랍니다.
웃차!
앗, 감사합니다.

착!!!

……

중요한 목걸이인가요?
할머니께서
물려주신 목걸이라
저한테는 굉장히 중요해요.

〈원칙 : 이유 없는 호의는 베풀지 않는다〉
이거라도 하세요.
날씨가 춥습니다.
펄럭

아… 정말
친절한 분이시군요.

좋은 사람 만나길 기대하고
한껏 꾸미고 왔는데
정작 무도회는 즐기지 못하고
여기서 목걸이나 찾는 내 꼴이
너무 한심해요.

울컥
울컥

!!!!!!
뭐야?! 왜 울어?!

뚝!
아가씨 이름이 뭐죠?
다은이에요.
〈원칙 : 절대 약속을 하지 않는다〉
레이디 다은 제가 하나 약속할게요.

그 목걸이 제가
내일까지 찾아드리죠.
그렇다면 이제
그만 돌아가요
갑자기 거긴
왜 돌아가요?!!!
오늘은
바람이 좋군요.
부욱!!!!!

그럼 내일 봐요!
레이디 다은!
!!!!!!!

-다음 날-
똑똑

누구세요?

다은 님이신가요?
목걸이를 전달하고 오라는
심부름을 받았습니다요.

아!
그 신사분께서 보내주셨군요.
진짜 찾아주셨네!
직접 오셨으면
더 좋았을 텐데…

직접 찾아올 용기는
없는 분이셨군…
쫄보였어.
쫄보.

쫄탱이.
……

다은 님!
스윽!
어머!!
당신은 어제 그
신사분?!!
왜 변장을
하셨어요?
사람들 눈에 띄면
안 될 사정이 있거든요.
사정을 다 설명드리기는
조금 어렵지만… 응?!
철컥!!!
?!!!!

잡았다!!
괴도 바비!!!!
차르륵!!!
차르륵!!!
다은 님!
지금 이거 뭐죠?!

건들지 마!
괴도 바비는
내가 잡았어!
나에게 잡힌 이상
도망은 꿈도 꾸지 마라!

내 소개를 다시 하지!
네놈을 잡아달라는
특명을 받고 온
사립 탐정 다은이다!

…다은아
너무 그렇게 붙으면
내가 걷기 힘들잖아.
차갑게!

몰라. 이렇게
집까지 갈래.
안 놔줄 거야.
히힛!

508

순록

오스칼의 연인?
이건 버려도 되는 거야?

응. 버려도 돼.
고딩 때 쓴 팬픽.
팬픽?
오스칼의 연인

그거 선생님한테 걸려서
엄청 혼났었는데 ㅋㅋ

복도에서 가방이 열려서
쏟아졌는데
투욱!!!

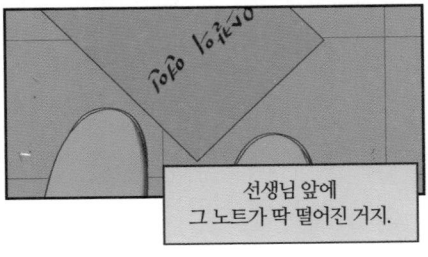
이런 이런
선생님 앞에
그 노트가 딱 떨어진 거지.

오스칼의 연인?
안 돼!!

김유미 네 거야?

요즘 학교에
이상한 소설이
돌아다닌다는데

유미야 저거
오스칼 팬픽 아니야?
망했다!

그게 설마
이건 아니겠지?
김유미!

야아아압!!!
우다다다다!!!!

감아 차기!!!

타악!!!

슈우욱!!
쏘옥!

야! 거기!!
왜 복도에서 뛰어다녀?!!
너 몇 학년 몇 반이야?!!
와다다다!!!

누군지는 모르지만
어쨌든 고마워.

지난번에는 고마웠어.
너 1학년 신순록이지?
그냥 발에
걸렸을 뿐이에요.

그 연습장…
뭔 줄 알고 도와준거야?

알죠. 오스칼 팬픽.
1학년 교실까지 퍼져서
저도 우연히 봤어요.
헉!!!

그… 그게 실은
응큼한 의도로 쓴 건
아니고…
플롯이 세련됐어요.
전개도 대담하고.

캐릭터가 매력적이라
초반부를 이끌어가는
힘이 있어요.
잘 쓰셨더라고요.
진짜?

스스로를 증명하려고
애쓸 필요 없어요.
저는 선배가
어떤 사람인지
이미 알고 있으니까.

야! 이야기 들었어?
4반 김유미랑 1학년 신순록이랑
진짜 사귄다던데?
진짜?!

벌떡!

ㅋㅋㅋㅋㅋㅋㅋ

너 지금
팬픽 읽고 웃는 거지?
아뇨. 뭘 좀
생각하느라.

?!!!

이 사람이구나?
잘생긴 떡볶이집 사장.
얼굴 좀 보게
고개 좀 돌려봐.

말해봐.
네가 정말 잘생겼다고
생각해?
이 세계
외모 원탑이야?

뭐야?
미친놈이군.

!!!!!
말해! 이 세계
외모 원탑이냐고?!

쩌릿!!!

?!!
샥!!!
답하지 않겠다!

내가 잘생긴 걸
내 스스로가
증명할 필요는 없으니까!
챙!
챙!
왜냐고?

촤아악!!!
나는
사자거든.
!!!!!

사자는 스스로를
증명할 필요가 없어.
증명하지 않아도
사자니까.

네가 사자라면
나는 강아지다.
귀여운 강아지
결국 귀여움은
모든 걸 이기지.

나는 팔랑팔랑
자연 곱슬!
강아지처럼 말이지

?!
하지만 넌
직모로군!

이렇게 흔들면
강아지 느낌!
도리~
도리~
멍멍!!!
넌 이거 안 되지?!
하하하!!!

.....
도리~
도리~

근데 왜 짐은 안 싸고
도리도리하고 있었어?
응?
귀여워 죽겠네

짐 다 쌌어?
아니 아직.

509

김유미 dream

안녕하세요. 작가 김유미입니다.
좋은 글은 어떻게 쓰냐는 질문에
답변드립니다.

저는 좋은 기분이 좋은 글을
쓰게 한다고 믿는 편입니다.

그래서 늘 기분을 전환시켜 줄
좋은 장소를 찾아서 글을 쓰곤 합니다.
.....

한 줄도 못 썼어.

…아무것도
안 떠올라.

저도 독자님처럼
정말 머리가 굴러가지 않는 날이
종종 있습니다.
끙!!!
끙!!!

땟돌 또 고장 났구!!!
퍽!
고장 난 느낌이랄까요?

?!
띠링!

축하해! 판매량이
지난달보다 25%나 늘었어!
?!!!
25%가 늘었으면…
얼마지?
수학세포
누가
계산 좀 해봐!
비켜!
-자린고비 세포-
전달 판매량 960권.
25% 증가했으니 240권 증가!
이번 달 판매량 960+240=1,200권.
1,200권X11,000원=1,320만 원!
와다다다다!!!!
인세 10%니까
유미 몫은 132만 원!

타닥타닥

132만원!!!! +_+
삐리릭!

다른 일할 땐 머리가
기막히게 잘 돌아가는데
어?! 돌아가네?

안 되겠다.
설탕칠 좀 해야겠어.

끄응!!!
끄응!!!
유독 글 쓸 때는 안 돌아갈 때가 있죠?

그럴 때 달콤한 음식이
도움이 되기도 합니다!

단것을 좋아하는 편이 아닌데
글 쓰는 일을 하고부터는
달콤한 간식들을 입에 달고 삽니다.
아이스크림!!!

…죄송해요. 거짓말했습니다.
실은 글 쓰는 일을 하기 전부터
설탕 중독이었습니다.

!!!

?!!!!!

뭐지?!!
유체 이탈 된 건가?!!!

아니야. 마음은
아이스크림 가게에 있지만
귀찮아서 몸이 안 움직여.
-발-

놀랬잖아!!
유미 죽은 줄
알고!!!
다다다다!!!

움직여!!! 여서!!!
유미 무거워…
중요한 거 아니면
날 좀 내버려 둘래?

그런말이 있죠?
글은 엉덩이로 쓴다!
결국 오래 앉아 있는 게 정답이지요.

그래!
누가 이거나 보라고
뭔가 떠올라라!
제발! 쫌!

띠링!

나 오늘 일찍 끝났어
글은 많이 썼어?

벌떡!
오늘은 글 안 나온다!
나도 퇴근할래 ㅋㅋ
안 돼!!! 오늘 한 줄도
못 썼단 말이야!!!

이 사기꾼들아!
아깐 몸이 무거워서
못 움직인다더니!!!!
부릉!!!

갑자기
가벼워졌어!
-레이싱 세포-

내 펜은 하마도 전기 다 꺼졌어!
그래도 글이 안 나온다면 그럼 잠시 글 쓰는 걸 멈추고 다른 일을 해보시면 어떨까요?
좋아하는 걸 하면서 환기를 시키는 거죠.
두둥두둥 에너지
저는 그러다가 툭 하고 뭔가 떠오를 때가 종종 있거든요.
돌아간다!!!!
-작가 세포-

!!!!!
뭔가
떠올랐어!
그리고
제 글들 재밌게 읽어주셔서
정말 감사드려요.
감사의 마음을 담아.
-김유미 드림
잊어버리기 전에
빨리!!!!
좋은 글 쓰시길 바라요!
부디 제 메일이 도움이 되었길 바랍니다.

510

엔딩

유미가 좋아하는 거?
매직아워!
BUS
예쁘다…

주황빛 색감이 마치…

풍덩!
등갈비 김치찜
색깔이로구나!!!!

물어내!!
유미 감성 타임!!
먹지도 못하는 노을
-출출 세포-
-감성 세포-

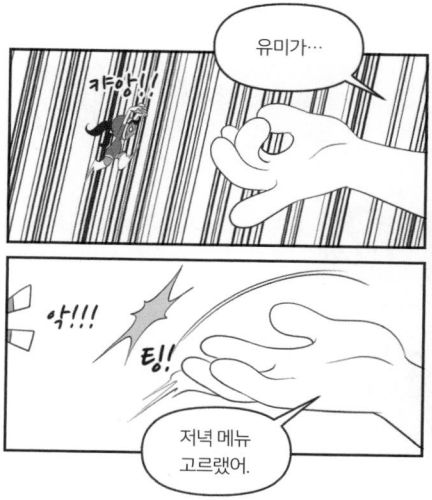
유미가…
캬앙!!
악!!!
팅!
저녁 메뉴
고르랬어.

유미가 좋아하는 거?
저녁 메뉴 고르기!
등갈비 김치찜?
아 좋다! 좋다!

좋긴 뭐가 좋아?!!
등갈비 김치찜은
해본 적도 없어!!!
-요리 세포-
이 기회에
해볼게.

타닥!
타닥!

저녁에 먹고 싶은 거
말해봐! 내가 해줄게

저녁에 먹고 싶은 거
말해봐! 내가 해줄게
칼국수 하려고 방금
재료 샀어
집에 호박이 남았지?
오늘 등갈비 김

-사랑 세포-
파지지지직!!!!!!
입력 취소!!!

오늘 저녁은
칼국수다 요놈아!
내 등갈비는?
등갈비 맞고 싶냐?

유미가 좋아하는 거?
우어어어!!!!

사랑하고 있는 이 기분!
칼국수 내놔라
찰싹!
좋아하는 것들만 하고 살래.

안 돼! 안 돼!
좋아하는 것만 할 수 없어!
싫어도 할 건 해야지.

응? 이성 세포야!
밤 세수할 시간이야!
-이성 세포-
-세수 세포-

그럼 내가
이렇게 빌게!
후다닥!
털썩!

제발!
이렇게 부탁할게!

맞다!
말로 하면 안 듣지.
펙!
씻으자! 이 새끼야!

유미가 좋아하는 거?
밤에 작업하는 거!
타닥!
타닥!
밤에는 맷돌이…
그나마 좀… 굴러…
가거든!
-작가 세포-
야! 유미 자야 해!
그만 굴려.
닥쳐! 지금
맷돌 돌아가는 거
안 보여?!
아까 말했지?
유미가 좋아하는 것만
할 수 없어.
싫어.
좀 더 작업하다
잘래.
여기! 여기!
어서!
-자장자장 세포-
빨리 자!
퍼엉!!!!!

너희들도 이제 들어가.
유미 잘 시간이야!
내일 또 있잖아.

오늘 고생했어.
너도 이만 들어가.
잘 가~
조심히 가~

늦은 시간
늘 함께해 줘서
고마워!
잘가!
또 놀러 와!
조심히 가.
안녕!!

지금까지

유미와 그녀의 뇌세포들의
이야기였습니다.

늦은 시간까지 고마웠어요.
좋은 밤 되세요.

511

후기

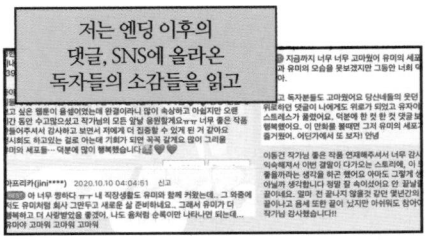
저는 엔딩 이후의
댓글, SNS에 올라온
독자들의 소감들을 읽고

몹시 찡했습니다.

〈유미의 세포들〉은
저에게도 많은 변화를 갖게 해준
작품이기 때문입니다.
!!!

유미를 굉장히 위하는
유미의 세포들과는 반대로
잘 눈 뜨라고!!!
이 멍청아!!!
으악!
무빙건의 이성 세포는
저를 못 잡아먹어서 안달이지요.

스스로에게 유독
잔인하게 구는 사람들
있지 않나요?
쿡!
-이성 세포-
-작가 세포-
힛...
제가 좀 그런 것 같아요.

〈유미의 세포들〉 454화를 마감하는 날
열이 39도까지 올랐는데도
일을 시키지 뭡니까?
무빙건 아파ㅡ
어쩌라고?

그날 밤 저는 처음으로
저에겐 없는 판사 세포를
만들어냈습니다(유미처럼 말이죠).
포동건!
쿵!!!

포 동건!!
아악!!!
너 뭔데?!!

하지만 이 녀석이
잔인하게 하는 것도 이해는 됩니다.
1위 원고
2위 Z위
3위
4위
5위

포 동건!!
살려줘!!!
그렇게 그날 휴재했었습니다.

무빙건의 우선순위
1위 원고
2위 Z위
3위
무빙건의 1순위는 원고였으니까요.

당연히 1순위니까
무빙건의 24시간 중
대부분을 원고에게 줍니다.
15시간이야.
받아줘.
무빙건의 1순위
원고
좀 적은데?
거기에 잠잘 시간까지 빼면…
남는 게 없지요.
하지만 저는 유미처럼
판사 세포를 보유한 사람이잖아요.
!!!
원고
쿵!!
거기서
4시간만 도로
내놔.
원고
원고 펑크 나면
네가 책임질 거야?
포 동건!
원고

그렇게 저는 〈유미의 세포들〉 후반부에는
출퇴근 시간을 만들어서 작업했고

퇴근 시간이다!!!

9시 출근

6시 퇴근

아프면 쉴 줄도 압니다.

나 아프다!!!

누군가에겐 너무 당연한 이것을
저는 〈유미의 세포들〉을 연재하면서
배우게 되었습니다.

-판사 세포-

판사 세포뿐만 아니라
다른 사람의 세포에게
도움을 받은 적도 있습니다.

시시데데(jini****) 2019-11-22 23:

뭔 소리야

438화처럼 너무
복잡하게 만들어버린 적이 있는데

집중해서 읽지 않으면
무슨 말인지 헷갈리잖아.
어쩌지?

다행히 〈유미의 세포들〉에겐
컷 댓글이 존재하기 때문에
설명하는 세포가 등판해 주었습니다.

무빙건
여긴 내게 맡겨.

뭔 말이야?!

이해 안됨

?!!

네오(moon****) 2019.12.16 07:58:17 신고

시그널이라는건 실제로 미래에서 시그널을 줘서 유미가 이렇게 되었다!
라는 걸 표현하는 게 아닙니다
인생을 살면서 맞닥뜨리는 매 순간순간의 고민과 사건들에서, 그게 스스로
판단이든, 자신감이든, 운이든, 어떤 식으로든 선택하고 다짐해서 나의
미래를 만들어가는 과정, 그 모든 순간의 마음의 소리들을 미래에서 오는
시그널이라고 작가님이 가장 잘하시는 상상력의 재구성으
겁니다 (음세의 모든 표현들이 그러한
사건 당시로 보면 내 인생
아픔 연애

얘들아 여기 주목!
내가 설명해 줄게.

부족한 작가를 대신해 설명해 준
네오와 수많은 설명 세포들에게
고마움을 전합니다.

-네오 외 539명-

그리고
내 삶을 바꿔준
유미에게도!

네 말이 맞았어.
운명은 없고 선택만 있을
뿐이었어.

그리고
다정한 타리 작가님도
어서 받아요!
제가요?
제가 왜 받죠?
그 이유는 바로 얼에!

유미의 세포들 완결 축하합니다

작품 선정에서부터 종료할 때까지
신뢰를 보내주신 **네이버 웹툰**께 감사드립니다!
*아마 네웹 담당자들이 없었으면
<유미의 세포들>은 89화에서 종료했겠죠?

떠올려본 이야기들을 늘 기꺼이 들어준
줄리에게 고마움을 전합니다!
*줄리 : 아내가 회사에서 쓰던 영어 이름

채색 담당을 넘어서
후반부 작업을 함께해 준
maker에게도 감사합니다!

〈유미의 세포들〉IP를 선택해서
다양한 제품들, 떡볶이, 콜라보, PPL,
전시회, 출판, 드라마, 애니메이션, 방탈출 게임
등으로 함께해 주시는 모든 분들께도
감사의 말씀을 전합니다!
*더욱더 번창하시길 기원합니다!

마지막으로
그동안 함께해 주신
아기 독자 여러분들께
진심으로 감사의 말씀 전합니다!

또 새로운 이야기로
다시 찾아뵙겠습니다.
관심 웹툰 눌러주고 기다려주세요!
제발요!!!
기다릴 세포들
머리 위로
동글뱅이!!!

단행본
특별 외전

알콩달콩 신혼 일기

둘이라서 좋은 점 1

물론 내가 하는 게 더 빠르지만

둘이라서 좋은 점 2

새로운 발견

유미의 세포들 13

초판 1쇄 인쇄 2021년 5월 4일 **초판 1쇄 발행** 2021년 5월 24일

지은이 이동건
펴낸이 이승현

편집1 본부장 배민수
에세이1 팀장 한수미
편집 박윤
디자인 함지현

펴낸곳 ㈜위즈덤하우스 **출판등록** 2000년 5월 23일 제13-1071호
주소 경기도 고양시 일산동구 정발산로 43-20 센트럴프라자 6층
전화 031)936-4000 **팩스** 031)903-3893 **홈페이지** www.wisdomhouse.co.kr

ⓒ 이동건, 2021

ISBN 979-11-91583-51-9 04810
979-11-91583-55-7 04810(세트)

* 이 책의 전부 또는 일부 내용을 재사용하려면 반드시 사전에 저작권자와 ㈜위즈덤하우스의 동의를 받아야 합니다.
* 인쇄·제작 및 유통상의 파본 도서는 구입하신 서점에서 바꿔드립니다.
* 책값은 뒤표지에 있습니다.